奇岩館の殺人

高野結史

宝島社
文庫

宝島社

奇岩館の殺人

ミステリーファンの皆様

唐突で恐縮ですが、「挑戦状」を差し挟むことをお許しください。

これまで同様、今回も変則的な構造を持つミステリーとなっております。もちろんミステリーの楽しみ方は千差万別。必ず推理を伴わなければならない、等と申すほど此方(こちら)も愚かではございません。

しかし、真実を目撃するにあたり、推理を経ておくことで一層お楽しみいただけると約束いたします。

犯人の正体ならびに不可能を可能にしたトリックを探偵はどう見破るのか。

多くのミステリーに触れてこられた皆様へ「挑戦状」を叩(たた)きつけることは甚だ恥ずかしくもあり、恐悦至極でもございますが、此方の自信と覚悟を持って改めて挑戦させていただきます。

あなたは全ての謎と真相を見抜けるでしょうか。

優れた推理と幸運があらんことを——。

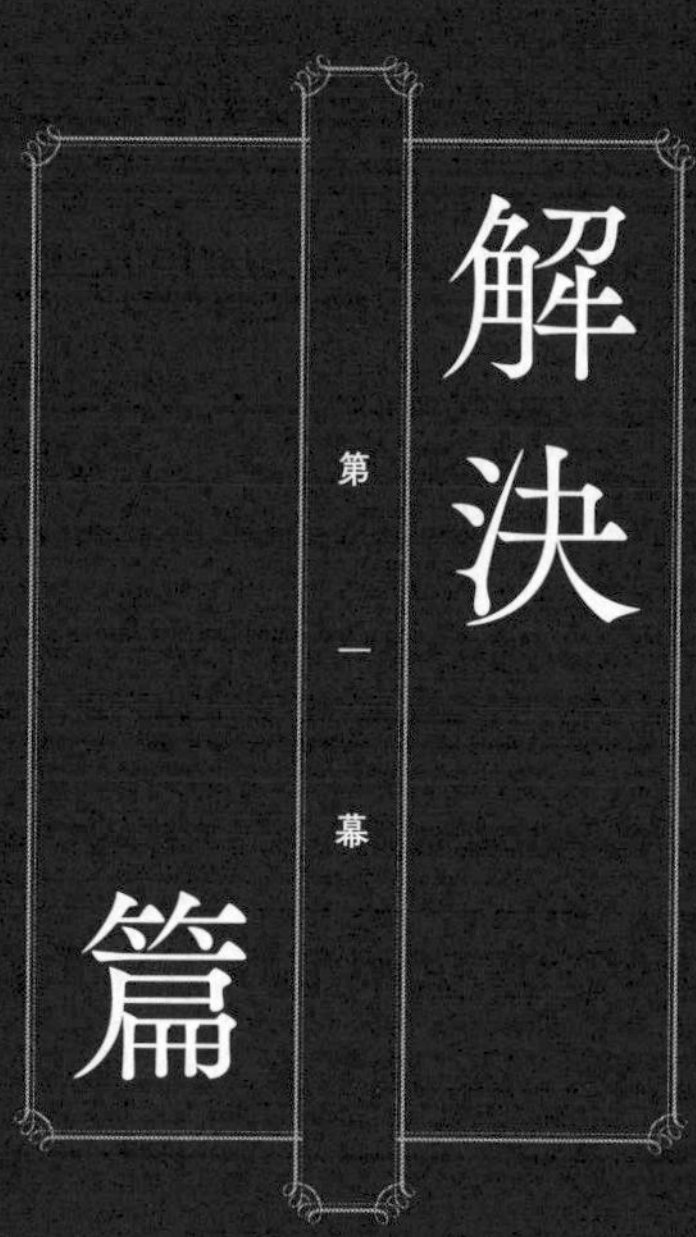

解決篇

第一幕

神父に扮した男は雨ざらしの死体を眺めていた。

首から上が完全に砕け、その片鱗が周囲に飛び散っている。

春の開催で助かった。

男は改めて安堵した。

夏場ならば異臭を放ち始めていただろう。〝探偵〟に集合を促されたら厄介だった。見た目のグロテスクさは直視しないことでやり過ごせるが、臭いからは逃げられない。人によっては死臭を嗅いだだけで吐くこともある。

島の関係者十三人が死体を囲むように集まった。

〝探偵〟の講釈が始まる。

「丑松さんは、いつ塔に上ったのか、私達はそればかりを考えてきました。しかし、それこそが犯人の計略だったのです」

〝探偵〟は目の前の尖塔を見上げた。

もともとは時計台として建てられたという「設定」で、高さは地上七階程度。頂上部まで階段とエレベーターで上がることができる。

建造にはかなりの経費がかかったが、今回のシンボルなので仕方がない。

絶海の孤島に立つ長身の尖塔。島の外から眺めると良い意味で禍々しさを湛えている。孤島を舞台にする主な理由は警察を介在させないためだが、結果的に雰囲気づくりにも貢献してくれるので一石二鳥だ。

　男は〝探偵〟の話に耳を傾けた。

「警察が来られない以上、死亡推定時刻は皆さんの証言のみが頼りでした。その結果、丑松さんが塔の上から飛び降りることができたのは、昨日の深夜三時頃と考えた。ところが、その時刻に丑松さんはまだ生きていたんですよ」

「でも、丑松が塔から飛び降りたのは事実でしょう？　じゃなきゃ、こんなむごい死に方にはなんねえ」

　辰造が疑義を挟むと、〝探偵〟は待ってましたと言わんばかりの顔で頷いた。

「はい。ここまで綺麗に頭部を砕くには、かなりの衝撃が必要です。人間の力では無理。ただ、塔から飛び降りる以外にも方法はあります」

　もったいぶって間を取る。

　一同は食い入るように〝探偵〟を見つめた。

「そう。塔の上から落ちたのは丑松さんではなく、凶器だったのです」

「どういうことだぁ？」

　寅吉が叫んだ。

　表情がわざとらしい。次からは裏方に回そう。

　男は頭にメモする。

〝探偵〟は構わずに続けた。自分の推理に酔っていて周りを気にしていないようだ。

「塔の下に呼び出された丑松さんは犯人の指定どおり入口の前で待っていた。頭上にあるのは？」

「窓か……『天国の間』の……」

寅吉が悟ったようにつぶやく。

天国の間は塔の頂上部に作られた部屋で、東向きに巨大な窓が開いている。

「犯人は窓の真下に丑松さんが立ったのを確認し、『天国の間』から地上に落としたのです。この島の神を」

「神……氷室様を？」

「はい、氷室で保存されていた巨大氷。厳密には大氷柱をいくつも固着させたものですね。おそらく、塔のエレベーターに積載できるギリギリの重さまで大きくしたのでしょう。そのためにエレベーターを他の人が使えないようにした」

「あ！　だからエレベーターはずっと故障中になってたのかあ」

「エレベーターの積載量っていうと、三百キロけ？　んなもん頭に直撃したら、粉々にもなるわ」

次々と納得の声が上がった。

男は感慨深かった。

　あの光景は網膜に焼き付いている。

　塔の上から落ちた氷によって人間の頭が砕かれる様は圧巻だった。〝探偵〟の眼前で起こせなかったのが残念だ。よりエキサイティングになっただろう。

「死亡推定時刻が変わることで幾人かのアリバイが無くなります。その中でも氷柱を氷室で保管でき、さらにエレベーターを自由に使えた人物。それは一人だけです……そう、犯人は……」

〝探偵〟は犯人を指し示し、アリバイ崩しや動機を朗々と説明した。

　八十点というところか――。

　男は〝探偵〟の推理を聞き終え、こっそり息を吐いた。

　まあ、悪くない塩梅だろう。用意した謎をできるだけ解いてもらった方が〝探偵〟の満足度は上がる。かといって全て解けてしまっては、簡単すぎたと言われてしまう。

　関係者たちが〝探偵〟をひとしきり褒め称えた後で、振り返りパーティーに案内する。皆、ぞろぞろと屋敷に入っていった。誰も死体には見向きもしない。島民連中は全員運営側の人間だから当然と言えば当然だが、〝探偵〟も死体が本物であることに、何の感慨も持っていないようだ。

　我ながら狂った仕事だな。

　男は苦笑した。

「今回も素晴らしい出来でしたよ」

パーティー会場となった屋敷の大ホールで上機嫌のクライアントがシャンパンを片手に近寄ってきた。

「ありがとうございます」

男は深々と頭を下げた。服装は神父のままだ。

先ほどまで〝探偵〟として別人のように振る舞っていたクライアントは、すっかり普段の富裕層然とした姿に戻っている。

「ただ、謎解きのロジックは面白かったんですけど、ちょっと事件が地味だったかなあ。次は連続殺人がいいなあ」

「死人を増やしたい……ということでしょうか」

男は感情を顔に出さず、確認した。

リピーターのリクエストだ。躊躇（ちゅうちょ）する様は見せられない。

「難しい？」

「いえいえ。次回のご利用を心待ちにしております。予約を入れていただけるのであれば、すぐにでも準備に入らせていただきます」

「ええ、お願いしますよ」

「承りました。いつもありがとうございます」

「期待していますよ。ちょっとした殺人事件だともう驚けなくなっているので」

クライアントは不敵に笑い、念を押した。

「もっと殺しをください」


地下鉄の構内から地上に出た途端、汗が噴き出してきた。

「あっちーなあ」

男は弱音を口にした。

もう夏も終わりだというのに。スーツを着ているのが嫌になる。メッシュ素材で作ってもらった神父の衣装が懐かしい。最近すっかり食欲も減退した。スタミナ不足を痛感する。

しかし、足取りが重い理由は他にあった。気に入らない仕事相手。拒絶されるとわかっている催促。飛んでくるであろう嫌味……。

目的地のマンションが見えた。億ションほどではないが、高級な部類に入る。

オートロックされた自動ドアの手前でインターホンを鳴らす。

ややあって、ぶっきらぼうな声がスピーカーから響いた。

〈家まで来るかね、普通〉

「先生、すみません。メールと電話をさせていただいたのですが、ご返信いただけなかったもので、何かあったのかと心配で……」

もちろん嘘である。心配などしていない。

締め切りを過ぎ、いくら催促しても返答すらよこさないから直接取り立てに来たのだ。

〈まだできてない。もう少し待っててよ〉

「開催日も迫っていますので、進捗状況をお教えいただけますか」

〈メールする〉

「いえ、せっかくですから直接伺った方が――こちらの気づきもこの場でお伝えできますし――」

〈じゃあ、言ってみて〉

「ここで――ですか?」

〈あらすじは送ってあるでしょ〉

インターホン越しで済ませようとしているのか。

男は奥歯を噛んだ。

売れないミステリー作家のくせに。こんなマンションに住めているのは誰のおかげだと思ってる!

これまで幾度となく口から出かけた言葉をまた呑み込んだ。

すでにクライアントからは数億円のキャッシュが支払われている。セットの建造も急ピッチで進行中だ。キャストもほぼ集め終わった。開催スケジュールも共有済み。今さら延期など許されない。シナリオの完成はもう待ったなしだ。しかし、あまり強く催促してライターがヘソを曲げたら事態はさらに悪化する。

「先生もご存じのとおり、この話は内密も内密。外に漏れたらお互い困るじゃありませんか。お願いですから中でお話しさせてください」

言葉を選びつつ、折れない姿勢を見せると、自動ドアが開いた。

男はエントランスを進み、エレベーターに乗り込んだ。

「くそっ」

よりによって、こんな奴をスカウトするなんて。

男は過去の自分を呪った。

とはいえ、そもそも選択肢は多くなかった。

男の会社は、ものすごく美化して言えば、世界の富裕層にリアルな推理ゲームを提供している。クライアントが探偵役となり、殺人事件の謎解きを楽しむ。男ら運営側は毎回、趣向を凝らした企画を作り、舞台からキャスト、シナリオに至るまで全ての準備を手掛ける。

大っぴらに話せないのは——実際に殺人が行われるからだ。

〝探偵〟はリアルな殺人劇を捜査することができる。その刺激と非日常を求めて、クライアントは数億円もの参加費を惜しまない。この「リアル・マーダー・ミステリー」は二百年以上前から海外の裏社会で隆盛となり、専門の会社も誕生した。男が勤めているのは、その日本支部で、殺人劇から推理ゲームに至る一連の催しを「探偵遊戯」と呼称している。

「腕は悪くないんだが、まったく」

男がため息をつくと、エレベーターが目的階に着いた。

ライターの部屋に直行し、インターホンを鳴らす。

これから一悶着やるのかと思うと、うんざりした。

裏社会の仕事にはいくつも弊害がある。その一つがリクルーティングだ。実際に人を殺すミステリーのシナリオを書いてくれと言われて、了承するライターはそうそういない。迂闊に事情を話せば、警察に駆け込まれる。ミステリーをしっかり書け、こちらの事情を呑んでくれる人材は貴重な存在だった。ライターをスカウトできた社員には褒賞も出る。

だから、文壇バーで「なぜ、俺が売れない」と愚痴をこぼしていた小説家との出会いは幸運だった。たとえ、人間性が下の下であっても。

ドアが開き、不機嫌そうにライターが顔を出した。

「本当に申し訳ございません。こちらも切羽詰まっているものですから」

男が頭を下げると、ライターは踵を返して奥に消えた。

男は閉まりかけたドアを慌てて掴み、中に入る。

「失礼します」

宅配のダンボールが乱雑に置かれた廊下を進む。おそらくリビングらしい部屋には家具の類が一切なく、床から天井まで積まれた本の山で埋まっていた。とても高級マンションの一室には見えない。

「ここで待ってて」

そう言われ、本の山々に囲まれたまま待機していると、奥の部屋からプリントアウトする音が響いてきた。

十分ほどしてライターが原稿の束を持って戻ってきた。

「もう完成されていたんですか！」

嬉しい裏切りに男は顔をほころばせた。

「いや。まだラストが決まってない」

言いながらライターは億劫そうに原稿を差し出した。

「今、別の原稿をやってるから。こっちの区切りがつくまで声かけないでもらえるかな」

「別の原稿と言いますと？」

「あなたに関係あります？　作家が複数の原稿を抱えていることなんて珍しくないでしょうよ」

「はあ……ですが」

何年も執筆依頼が来ていないと嘆いていたのは誰だ。

ライターはわざとらしく忙しい素振りをしながら奥の部屋に消えた。

男は深呼吸して苛立ちを鎮めた。シナリオはフラットに読みたい。

原稿に目を落とす。立ったまま読み進め、一枚捲った。次第に捲る手が早くなる。

「これは――いいぞ」

もはや苛立ちは霧散していた。

富裕層が探偵遊戯に大金を払うのはリアルな殺人という刺激を求めるからだ。しかし、単に死体を見せるだけで満足するはずがない。ミステリーとしてのクオリティーも要求される。殺害方法、トリック、謎、解決のヒント、舞台設定、登場人物、それらが全て魅力をまとい、かつ、破綻なく進行できる筋書きであることが必須条件だ。

原稿はそれを満たしていた。

ふと顔を上げると、ライターが腕組みして、不安そうに見ていた。なんだかんだ言っても反応が気になるのだろう。

「先生、素晴らしいですよ！」

手放しで称賛するとライターはすぐ横柄な態度に戻った。

「まあ、条件が多かったから少し手こずったけどね。まあ、このぐらいならいつでも書けるよ。まあ、プロだからさ、こっちは」

今回、クライアントの要求は二つ。「連続殺人」と「見立て」。それ以外にも進行や運営の都合による条件も重なるため、シナリオ作成は難解なパズルを組み立てるような作業になる。

「あとは決定的証拠の出し方ですね」

シナリオはラストまで書かれていなかった。

探偵遊戯には接待の要素も欠かせない。トリックや謎の面白さ以上に探偵役のクライアントをいかに気持ちよくさせるかが肝になる。リピーターになってもらえるかどうかを左右するからだ。その手段の一つが、決定的証拠の提示だ。犯人が言い逃れできない証拠をズバッと指摘する快感をクライアントに与えれば、途中のミスが多少あっても満足度は高くなる。

「最後の殺人は、かなり血が出ますね」

「まあ、首を切るからね」

「では、犯人に血痕がついているというのはどうでしょう」

ラストさえ決まれば、もう完成だ。準備を進めることができる。

男はこの場で固めてしまおうと考えた。

しかし、ライターから返ってきたのは軽蔑の眼差しだった。

「これだからなあ。そんなベタなことはやりたくないよ」

お前の好みなんて、どうでもいいんだよ。

男は怒りを抑え、笑顔を作り、根気強く提案を続けた。

「身体中にたくさん血がついているとか」

「ふーん。血の量を『拡大』するねえ。オズボーンのチェックリストだね。じゃあ、突然、大量の返り血を晒すことにする？」

「いいですね！」

「でも、身体中についた返り血をギリギリまで周りに気づかせない方法なんてあるかねえ——まあ、手っ取り早いのはガウンで隠して、探偵がそれを脱がせるとか、かな」

「素晴らしい！　ぽんぽんアイデアが出ますね。さすがです！」

男は手を叩いた。

おだて過ぎかとも思ったが、ライターはまんざらでもない顔をしている。

「まあ、プロだからね」

「では、その方向でお願いします。明日までにいただくことは可能でしょうか」

シナリオの残りは僅か。もう自分で書いてしまっても構わないぐらいだが、そんなことをしたらライターがヘソを曲げる。どうにか最後まで書かせないといけない。

「先生、何卒！」

「うーん。あっちの原稿次第かな」

この野郎――。

胃に刺すような痛みが走る。

「先生、本当にもうスケジュールが厳しいので、お願いします」

「わかったよ。相変わらず人使いが荒いんだから」

「ありがとうございます！」

男は繰り返し腰を折りながら念を押した。

エレベーターに乗り込むと、どっと疲れが出た。胃はまだキリキリしている。

あんな奴にいつまで頼らないといけないんだ。別のライターが見つかったら即日お払い箱にしてやるのに。

だが、ようやく危機は脱したようだ。

男は安堵と苦い想いを抱えて、マンションを後にした。

ライターからシナリオが送られてきたのは一週間後だった。

第二幕
奇岩館へようこそ

1

カリブ海を進む小型クルーズ船。その手すりに「佐藤」はしがみついていた。乗船してから一言も喋っていない。

船の揺れが怖いのもあるが、それ以上に不安がそうさせた。

プエルトリコを出航して半日。乗船直前、「佐藤」と名乗るよう指示されたきり、どこへ連れていかれるのか、何が待っているのか、異国の地であらゆる情報を遮断されている。その上、出港してすぐ船酔いが始まり、心身共にぐったりしていた。デッキに出て外の空気を吸うと少しは吐き気から逃れられるが、海に放り出されそうで、じっと手すりに摑まっている。

佐藤。佐藤。佐藤。

することも無いので、急に与えられた名前を自分に言い聞かせる。

季節は冬。少なくとも数日前に日本を出国した時はコートを着ていた。しかし、今は半袖。不快な湿気が嫌でも体にまとわりついてくる。

遠方には小島がいくつも見える。もうどこかの国境を越えているのではないだろうか。

一体どうなるんだろう――。

佐藤は早くも後悔していた。

あるバイトに応募し、面接を受けたのが半月前。そこではパスポートと身寄りの有無、ミステリーに詳しいか否かを確認された。仕事内容は、外国のある豪邸で三日間過ごすこと。ベッドも食事も提供される。日本からの移動に手間と時間がかかるとはいえ、それだけで百万円の報酬がもらえる。

美味しいバイトだ。そう思わなかったと言えば嘘になる。

しかし、本来の目的は他にあった。

半年前、日雇い仲間の徳永が消えた。

経済的理由から大学に行けず、かといって就職する気にもなれず、二十歳を過ぎてもフリーターを続けていた佐藤にとって唯一、気の置けない間柄だった。とはいえ、傍からは、二人が親しいようには見えなかっただろう。

徳永と知り合ったのは、人材派遣のバイトで送られた現場だった。現場は日によって変わる。ビル清掃、下水工事、造園補助。佐藤も徳永もほぼ毎日シフトを入れていたので度々現場で顔を合わせ、会話するようになった。お互い家族や親戚と没交渉で友人もいない境遇が似ていた。決して社交的ではなかった徳永とはバイト以外で会ったこともなく、現場上がりで飯に行ったこともない。ただ、現場で交わす徳永との会話が自分と社会を辛うじて繋いでいるような気がしていた。それに――。

「金、返せるのかな」

パチスロで財布が空になった翌日、現場で徳永から一万円借りた。返済を催促されたが、ずるずる引き延ばした。そうこうしているうちに突然、徳永がバイトを辞めた。

金を返さなくて済む。

そう喜ぶことはできなかった。むしろ、孤独を感じた。

バイト関係者も徳永が辞めた理由を知らなかった。もともと人の出入りが多いバイトだ。徳永も数多く登録しているコマの一つに過ぎない。派遣管理者が徳永の身の上まで把握しているはずがなかった。

徳永は私生活でも誰とも繋がっておらず、消息は完全に途絶えた。残された手がかりは、徳永が消える少し前に口にしていた「美味しいバイト」。

指定された場所で数日過ごすだけで高額の報酬がもらえる。

そう言って無邪気に喜んでいた。

佐藤は求人サイトやSNSを片っ端からチェックした。それらしいものはすぐに見つからず、半ば暇つぶしの日課として習慣化しかけた頃、このバイトを発見した。

犯罪の片棒を担がせる闇バイトの可能性も疑ったが、何かを運ぶなどの指示は無かった。到着した先の家でただ過ごせばいい。以前にも似たような高額バイトが話題になったことがある。一日中ゴロゴロして過ごすだけの生活を一定期間送るだけ。そんなバイトにアメリカのＮＡＳＡが二万ドルを支払ったのだ。

これも研究の類かもしれない。仮に徳永を見つけられなくても高額の報酬をもらえるなら――。

そう考え、飛びついた。

応募条件に「ミステリー好き」と書かれてあったことも背中を押した。

面接の雰囲気からは狭き門のように思われたが、どこを気に入られたのか、採用となった。しかし、ここまで徹底して情報を隠されるとさすがに怪しく感じてしまう。

デッキの隅に目をやると、眼鏡（めがね）をかけた若い男がじっと海を見つめていた。

船には佐藤の他に二人、乗客がいる。どちらも日本人でおそらく自分と年齢が近い。が、デッキに立っている男の理知的で整った顔つきは、住む世界が違うと感じさせた。

もう一人の男は船室で座っている。Ｔシャツの上からでも三段腹が見えた。散髪こそしているものの不摂生が顔色に表れている。暗い目からは陰気な印象を受けた。座って文庫本を読んでいる。キャンプガイドが主人公のミステリー。佐藤も最近読んだばかりの小説だった。心細かったところで同好の士を見つけ、嬉しくなった。

「あのう」

船室の入口から声をかけると、三段腹は迷惑そうに横目で見た。

「それ、面白いですよね」

佐藤が作り笑顔で応じると、三段腹は本に目を戻し、吐き捨てるように言った。

「まああだな」

なんだよ、面白かったじゃないか。そりゃ、文句もあるけど——。

佐藤は会話の糸口を探そうとした。話せる相手がいれば、不安な状況も改善するだろうと期待した。

「ミステリー好きなんですか？　僕も——」

「悪いけど、話しかけないでくれる？　読書中だから」

「……そうですか」

同好の士に拒絶された佐藤は改めて手すりを強く握った。

疎外感がふと面接での光景を思い出させた。

バイト以外の時間はたいてい推理小説を読んでいる。そう言うと、好きな作品を訊（き）かれた。

マニアックな作品を挙げた方が高ポイントだろうか。

迷ったが、しばらく考えて、『名探偵コナン』と答えた。

子供の頃から現在に至るまで連載もアニメも欠かさずチェックしている。より強い影響を受けた作品は他にあるが、事実として最も長く触れているミステリーはこの長寿シリーズだ。話の通じやすさも考慮した。

面接スタッフが微妙な表情をしたので失敗したかと後悔したが、翌日に採用を告げられた。

三段腹もミステリーを読んでいる。この男も面接で選ばれたのだろうか。

ミステリー好きであることが採用の決め手。だとしたら、ますます雇い主の狙いがわからなくなる。


半時間ほどして、船は孤島に接岸した。佐藤たちは一切の説明を受けないまま下船させられた。

島は東京ドームよりは広いが、町や村を形成するには小ぶり過ぎる。小さいながらもしっかりとした桟橋が造られているところを見ると、継続的な人の営みはあるようだ。島の側面は切り立った崖になっていて、その上に木々が茂っている。さらにその奥から尖(とが)った岩山が顔を出していた。

デッキにいた眼鏡と三段腹も船を下りた。三人とも荷物はさほど多くない。

「行こう」

船が島を離れるのを見送って眼鏡が三段腹に小さく声をかけた。

荷物を担ぎ、崖を切り開いて造られた階段を上って行く。佐藤も無言で後に続いた。

階段の先は森になっていて、舗装された道が真っすぐ伸びていた。

森を抜けると、佐藤は驚いて声を漏らした。

木造三階建ての洋館が忽然と現れたのだ。

奇異な光景だった。

館は丘の上に立ち、側面が断崖絶壁ギリギリまで達している。館の裏には切り立った岩山が聳えていて、館の背面が岩山に埋もれていた。

門柱の表札に『御影堂』と漢字で彫られている。

カリブ海の島に立つ館を「洋館」と呼ぶのは妙な気もするが、印象としては明治から昭和初期にかけて日本で建てられた洋館そのものだった。

「奇岩館だ」

眼鏡が佐藤と三段腹を横目で見て言った。

キガンカン？

その響きは佐藤を懐かしい気持ちにさせた。

モーリス・ルブランの「怪盗紳士ルパン」シリーズに登場する「奇岩城」。館の名称がそれに由来しているのは明らかだ。

ここで三日間過ごすのだろうか。

眼鏡を先頭に三人は開けっ放しの門を通り、屋敷の玄関前に立った。呼び鈴を鳴らすと、両開きの大きな扉の奥から中年男性が出てきた。

「榊（さかき）です」

　眼鏡が名乗った。

　男性は丁寧にお辞儀をした。

「ミステリー研究会の方々ですね。お待ちしておりました。執事の小園間（こえんま）と申します。お隣は山根（やまね）様？」

「はい」

　三段腹こと山根が会釈した。

「お嬢様のご学友は二名と伺っておりましたが……」

　小園間が佐藤を不思議そうに見た。

「あ、えーと、佐藤です」

　しどろもどろで答えると、小園間が大きく頷いた。

「ああ、旦那様から連絡がございました。世界各地を旅しているそうで」

「……はい」

　今朝まで事前情報はほとんど与えられていなかったが、出航直前になってスタッフを自称する者から「旅行者の佐藤」と名乗るよう命じられた。富豪の御影堂治定（はるさだ）と旅先でたまたま親しくなって島に招待された、という設定も覚えさせられた。

事前に受けていた指示は三つ。

一つは、滞在中はなるべく周囲と交流せず、話しかけられたら適当に答えて早く切り上げること。

二つ目は、バイトとして参加していることを口にしてはならない。他者の素性を尋ねるようなことも厳禁。

そして、三つ目は、何が起きても役割を続ける。というものだった。

小園間の口ぶりから察するに、「旅行者の佐藤」という情報は伝わっているようだ。

「ささ、皆様、中へどうぞ」

小園間に案内され、館に踏み入れる。

臙脂(えんじ)色の絨毯(じゅうたん)を敷き詰めたホールに迎えられた。正面奥には上階へ続く大階段がある。

空調——？

館内に入った途端、湿気の不快さが消え、幾分涼しくなった。

「旦那様は明後日(あさって)に戻られる予定です。ごゆるりとご滞在ください」

小園間は佐藤に笑顔を向けた。心なしか目は笑っていないように見える。

館の主(あるじ)・御影堂が留守の間に、一足早く訪れた旅人。

佐藤は自分の立ち位置を理解し、頷いた。

「迷わなかったみたいね」

若い女性の声が聞こえた。

見ると、ノースリーブのワンピースを着た女性が階段を下りて来る。

「雫久、聞いていたのより、かなり遠かったぞ」

眼鏡もとい榊が微笑を浮かべた。

「あれ、榊先輩が弱音を吐くのを初めて見ちゃった。招待した甲斐がありました」

雫久と呼ばれた女性は上品に笑った。大人っぽくも見えるが、女子高生にも見える。

「長旅で疲れない人間なんていないだろ。なあ」

榊に水を向けられた山根は「ええ、まあ」とつぶやいた。

「山根くんも来てくれて嬉しい。これで暇をしないで済むわ。ここ何にも無いから退屈で死にそうになるの。早くミス研の部室に帰りたい」

雫久は館の人間らしい。会話から察するに榊や山根と同じ大学のミステリー研究会に所属しているようだ。

大学のシステムなど知らないし、サークル活動なんてものにも無縁だ。

佐藤が鼻白んでいると、雫久に微笑みかけられた。

大きくて少し垂れた目、小ぶりだが形の整った鼻、厚みのある唇。ナチュラルなメイクが端正な顔立ちを一層引き立て、おっとりした仕草は育ちの良さを感じさせた。

「初めまして。御影堂治定の娘、雫久です」

「は、初めまして」

どぎまぎしながら佐藤は会釈する。

その頭上で呼び鈴が鳴った。

「まだお客様が？」

雫久が小園間に顔を向けた。

「もうお一方、旦那様のご友人がいらっしゃいます。よろしければ、そこの応接間でおくつろぎください。すぐお部屋に案内させていただきますので」

小園間は玄関脇の広い部屋を手で示した。

「談話室でいいんじゃない？　私が案内するわ。どうぞ」

雫久に促され、榊と山根が大階段へ向かった。佐藤は金魚の糞(ふん)に徹する。

二階に上がると、雫久は中央に位置する部屋の扉を開け、三人に入室を促した。

最後尾の佐藤は歩を進めながら、ペコリと頭を下げた。

雫久はお辞儀の代わりに笑みを向ける。

間近で見ると、なお美しい。

佐藤は簡単に惚(ほ)れそうになる自分を戒めた。

談話室に入って真っ先に目に入ったのは、部屋の奥に立つ木像だった。等身大より二回りほど小さい神将。怒りの形相で右手に鉾を持ち、左の掌を前に突き出している。口には短刀をくわえていた。

身の置き場に困り、神将像を眺めていると、背後で快活な声がした。

「へー、見事だな」

二十代後半と思われる身なりの整った男が小園間に案内され、談話室に入って来た。男は入室するなり、神将像に近づいた。

「雰囲気ありますね、これ」

「天河様、その短刀は取れますので、触れぬようお願い致します」

「ああ、それは失敬失敬」

天河と呼ばれた男は小園間にやんわり釘を刺され、頭をかく。

それから振り返り、一同を見回した。

「あ、名乗りもせず、重ねて失礼しました。天河と言います。下の名前は怜太。残念ながら『河』は濁っています」

天河は気の利いたジョークでも言うかのように名乗った。

誰も反応しない。

小園間と雫久は廊下で話し込んでいる。

リアクションが欲しいのか、天河は近くにいた佐藤に笑顔を向けた。

「はあ……てんがわさんですね」

無視するわけにもいかず、佐藤は短く応じた。

「皆様、すみません」

雫久が改まって発した。

「宿泊するお客様が予定より増えることになりました。ご了承いただけますか」

小園間が補足する。

「天河様を送って来られた船が故障してしまったらしく、乗客の方一名と船長さんが緊急避難を。この島は定期便も寄りませんので、明後日、旦那様が乗って帰って来られる船でお送りしようかと思うのですが」

断る権限も無いため佐藤は黙って頷いた。

榊も山根も反対しない。

「ありがとうございます」

小園間はお辞儀をしてからホールに戻った。

天河がほっとしたように胸を押さえる。

「よかった。僕も責任を感じていたんですよ。本当は別の島に向かう船だったんですけど、お願いしてここに寄ってもらったんです。すると大変。途中で動かなくなっちゃって。まあ、ある意味、ここに寄ったのがラッキーだったのかな。結果的に避難できたから――」

　よく喋る男だ。

　佐藤はまた話しかけられないように、さりげなく天河から距離を取った。

　談話室には窓がない。

　佐藤は、館の外観を思い出した。館の背面は岩山と接している。だから窓を作れないのだろうと勝手に推測した。窓から風を入れられないと、じめじめしそうなものだが、空調により湿気はかなり除かれているようだ。

　談話室の側面には立派な書棚が壁一面に設置されていた。

　並んでいるのは洋書だ。

　英語はちんぷんかんぷんだが、背表紙を読むことはできた。

　A Study in Scarlet/The Sign of Four/The Adventures of Sherlock Holmes…

「シャーロック・ホームズ」シリーズの原書だ。英語でも原題ぐらいは知っている。

　書棚の背表紙を順に追う。

　オーギュスト・デュパン。アルセーヌ・ルパン。ブラウン神父。エラリー・クイーン。古典のビッグネームが並ぶ。壮観な光景に胸が熱くなった。

　読めないタイトルもちらほら目につき出したところで、隣の書棚を見ると、国内ミステリーが並んでいた。こちらも古典が充実している。児童向けの書籍もあった。

佐藤はその一冊に指を伸ばしかけ、慌てて止めた。

危ない、危ない。我を忘れるところだった。

指の先の背表紙には『黄金仮面』と書かれてある。

「こちらです。部屋を用意するまでお待ちください」

小園間が連れて来た避難者二人は部屋の空気を変えた。

先に入ってきたのは三十代半ばあたりの女性だった。スーツジャケットにパンツ。堅そうな印象の身なりに対し、表情は柔和で喋り方もだいぶおっとりしている。

「突然お邪魔してすいませーん。蒲生日々子と申しますー」

「この人、職業がすごいんですよ」

日々子の自己紹介が終わらないうちに天河が口を挟んだ。

「教えてあげてください」

「えーとー、猟奇犯罪学の研究をしていますー」

「猟奇犯罪学……猟奇殺人専門の学者ってことですか」

榊が興味深げに尋ねた。

「ええ、そうですけど変ですかぁ？」

「とんでもない！　サイコーです」

天河におだてられ、日々子は、うふふと笑った。

猟奇犯罪学なんて学問があるのだろうか。ミステリーの世界では職業がどんどん細分化されている。普通の探偵ではなく、ナントカ探偵。探偵役が学者の場合なら単なる犯罪学ではなく、ナントカ犯罪学、法医学ならナントカ法医学。細分化や特化をすることで先行作品との差別化を図っているのだ。そういえば最近、「臨床法医学者」が主人公のミステリーを読んだ。

「ささ、ご遠慮なく」

小園間に促され、続いて入ってきたのは、キャップとサングラス、マスクで顔を隠した年配の男性だった。一言も喋らず、佇むように立っている。天河と日々子のおかげで賑やかになった部屋の空気が急に重くなった。

「えー、船長さんです」

本人が挨拶しないので、小園間が代わりに紹介した。

小園間の案内に従っているところを見ると、日本語は通じるようだ。しかし、周囲の人間とコミュニケーションを取る気が微塵もない様子が伝わってくる。ここへ来る船上でも同様だったのか、天河も話しかけようとしない。

「幸い、この人数であれば、お部屋も足りますし、食材は充分にございます。これからお部屋の割り振りをさせていただきます。携帯電話は使えませんので、外へ連絡したい場合はそこの電話をお使いくださいい」

小園間は扉の脇を指した。

それが電話だと認識するのに数瞬を要した。

送話器と受話器が解離した壁掛け式。戦中戦後を舞台にした映画でしか見たことがない代物だ。館主のこだわりは徹底しているらしい。

「あのー、インターネットは使えますかー？」

日々子が申し訳なさそうに訊いた。

「いえ。引いているのは電気のみです」

小園間が恐縮する。

「テレビも無いんですよ。ほんと退屈しちゃう」

雫久が嫌な顔をした。

「お嬢様」

小園間が雫久をたしなめようとしたところに割烹着姿の年配女性がやって来た。

「お部屋の準備が整ったようです。私とこちらの香坂が案内いたします」

小園間の隣で割烹着の女性が頭を下げた。

「天河様と佐藤様のお部屋は一階の館主客室になります」

「一階？　ええ、結構ですよ」

天河が陽気に答えた。

「それでは」

案内しようとする小園間を天河が手で制した。

「もう少し、この像を見ていたいんですけど」

「左様ですか。では、お二階の方々から先に案内させていただきます」

小園間と香坂に連れられ、榊ら一行が退室した。

部屋には佐藤と天河、雫久だけが残された。

早く一人になりたかったのに。

佐藤は恨みがましい目を天河に向ける。

呑気（のんき）に神将像を眺めている天河に雫久が近づいた。

「ご挨拶が遅れました。御影堂雫久です」

雫久は笑顔が似合う。わざとらしくなく、上品な魅力を発している。これが良家の令嬢というものなのか、と佐藤は見惚（みと）れた。

「天河さんは、以前にもいらっしゃったことがあるそうですね」

佐藤の視線に気づかず、雫久は穏やかに尋ねた。

「ええ。何回か遊びに来ていますよ。治定さんとは手品仲間でして。マジキ倶楽部（クラブ）に誘ってくれたのも治定さんでした」

「マジキクラブ？」

思わず口にしてしまった。

「社会人のマジック同好会ですよ」

天河が神将像を見たまま快活に答える。

泡坂妻夫（あわさかつまお）の作品にも同名の手品クラブが登場する。そこから拝借したネーミングだろう。さすがに指摘するのは控えたが、同時に違和感を覚えた。どこか不自然な気がしたのだ。

「私とは初対面ですよね？」

雫久が探るように訊く。

「そうですね、たぶん」

天河が笑顔を返すと、雫久は安堵したように口元を緩めた。

「ですよね！　お会いしたことがあったらどうしようって焦りました。お顔を忘れるなんて失礼をしたら父に叱られますので」

「やっとお会いできて嬉しいですよ」

「私ずっとここに居るわけじゃないんです。大学の休みにしか来ないので」

「今はお休み？」

「いえ、単位を取り終わっちゃったんです。そうしたら父が卒業式までここで一緒にいろと。こんなことなら、もっとゆっくりやれば良かったと後悔しています」

「そんなそんな。奇岩館、素晴らしいところじゃないですか」

「とんでもない。暇すぎて死んじゃいますよ。だから、サークルの先輩と同期に来てもらったんです。ホントはもっと呼びたかったんですけど遠いですからね。ＯＫしてくれたのは、あの二人だけでした」

それが榊と山根か。

佐藤が一人で合点していると、雫久の瞳が向いた。

「佐藤さんは初めてですよね。父とはどういう？」

簡単な質問なのに、佐藤は緊張した。

言い間違えたら大変だ。

「……旅行中にお父様と仲良くなりまして……それで……」

「ああ、そうでしたか。父ったら自分が留守の間もお構いなく知人を招待してしまうんです。お客様にはできるだけ長く滞在してほしいからって。館を見せびらかしたいんでしょうけど、苦労するのは応対を任される小園間さんたちですよ。あ、今の話は父に内緒で」

「はあ……」

なるべく周囲と関わらないようにする。条件を聞いた時は簡単だと思ったが、いざその状況に置かれるとなかなか難しい。今も相槌(あいづち)を打つべきところを無言に徹し、雫久に一人語りのようなことをさせてしまった。よほどのぶっきらぼうか、語彙力ゼロの人間に思われそうだ。

「お待たせしました。お部屋へご案内致します」

戻って来た小園間に連れられ、一階に下りた。

ホールの海側には応接間や食堂がある。階段を下りると、小園間は廊下を折れ、応接間を背にする形で進んだ。

「佐藤様はこちらのお部屋になります。鍵はお部屋の中に置いてありますので、ご自由にお使いください」

数枚の絵画が飾られたスペースを挟み、二つの客室が用意されていた。

「天河様は奥のお部屋になります」

佐藤と天河は礼を言って各々の部屋に別れた。

部屋のドアを開けた佐藤は目を見張った。

館主の客人用というだけあって与えられた客室は広々としていた。ベッドと一人用の肘掛けソファ、戸棚やクローゼットなど生活に必要な家具は揃っている。窓からは来訪時に通って来た森が見える。

佐藤は肘掛けソファに荷物を置き、ベッドに倒れこんだ。

緊張が弛緩していく。

一体、何が行われているのか見当もつかない。薄々感じるのは、自分が何らかのコマにされていることだ。

コマ扱いは慣れてるじゃないか――。

自嘲して佐藤は腕枕をした。

目を閉じると、炎天下の工事現場にいた。

Tシャツもズボンも泥にまみれ、汗が止まらない。

道端に座り込んで休憩していると、現場監督がスーパーの袋を持って来た。

――水分補給して。

作業員やバイトがペットボトルに群がる。

遠慮していた佐藤は最後に手を伸ばした。

ペットボトルは残っていなかった。

――一本足りなかったか。まあ、君はいいでしょ。

見下すように言われても愛想笑いをした。悔しいとすら感じなかった。ずっとそうやって生きてきた。

今度は自宅のアパートにいた。

電話で派遣を辞めると伝えた。あまりにも簡単に了承された。

徳永が急に辞めたのも似たような心境だったのだろうか。人生を変えなければいけないと悩んでいたのだろうか。心の内は知りようもないが、このバイトに関係していた可能性は高いと思う。

最後に会った徳永は新たなバイトについて口を閉ざしていた。数日前に「美味しいバイトがあった」と軽口を叩いていたのが嘘のようだ。佐藤もまた、このバイトに採用された際、外部には一切喋らないよう命じられた。佐藤の場合は言われなくても話す相手がいない。雇い主はそれも見越した上だったのだろう。徳永も同様に孤独だったが、友人とまでは言えない細い糸で繋がった人間が一人だけいた。その友人未満の人間は「佐藤」として今ここにいる。

とにかく疲れた。

佐藤は考えるのを止め、深い眠りに落ちた。

2

使用人しか立ち入らない廊下を進みながら小園間は自分の頬を両手でパチンと張った。

すでに自分の名前を幾度か言い間違えそうになっている。前回は神父の「古手川」、今回は執事の「小園間」。

紛らわしい。ネーミングに気を使え、とライターを呪った。

いや、こんなことで苛立っている場合ではない。ただでさえ問題が山積みで、気持ちが落ち着かないのだ。

〝探偵〟のリクエストどおり舞台を用意した。手前みそだが、素晴らしい仕上がりだ。館の基礎部分は使い回しであるものの外観は完璧に古き良き洋館を再現している。ミステリーファンならずともロマンを感じるだろう。

安全対策も抜かりなし。カリブ海の孤島群は地元警察からの干渉を受けにくい。フロリダの大富豪が長らく違法パーティーに興じていた島もこの一画にある。しかも探偵遊戯は不定期開催。警察にばれる恐れは皆無だ。なのに――。

「どいつもこいつも」

小園間は小さく吐き捨てた。

クライアントの無茶な要求は不安要素をいくつももたらした。おかげで舞台裏では大小様々なハプニングが起きている。計画どおりに事を運びたい性分の小園間にとって、急な変更は精神をすり減らす。

ここまで追い込まれたのは初めてだ。可能なら中止にしてほしい。しかし、すでに大金が動いている以上、それはできない。中止でも失敗でも重大な責任を負わされる。最悪、クビもあり得た。

潰されてたまるか――。

小園間は厨房を覗いた。

シェフの真鍋がスタッフに指示しながらディナーを準備している。香坂も忙しそうに動いていた。

「肉はどうだ？」

邪魔にならない場所から声を掛けると、真鍋が振り返った。

「なんとかなりそうです」

「よし。また一つクリアだな」

今朝納入された肉が業者のミスにより注文した量の半分だった。急遽、追加注文したが、辺り一帯で品切れを起こしており、メニューの変更を余儀なくされていた。さらに、一部の客室で下水が使えなくなった。慌てて全ての排水管を見直し、修理が終わったのは、ミス研の連中が到着する直前だった。

「綱渡りだな」

小園間は長く息を吐いた。

「夕食はオンタイムで行けそうか」

「大丈夫です」

真鍋の返事を受け、小園間は姿勢を正した。

「では、香坂さん。皆様を食堂へ」

小園間は香坂と手分けして、部屋を回り、客人たちを食堂に集めた。

食堂の大テーブルは十人程度なら余裕を持ってスペースを確保できる。

来客たちはそれぞれの席で料理に舌鼓を打っていた。肉料理も好評で小園間は密かに安堵の息を漏らした。

今回に限らず、〝探偵〟はいつも数億円もの大金をはたいている。殺人や謎解き以外のサービスも全て極上でなければクレームは必至。料理はその最たるものだ。真鍋の機転で、あえて肉を少量で出すことにした。希少性を演出したのだ。当然、味には自信がある。

小さな肉をちびちび食べている〝探偵〟は満足げだ。

小園間は給仕をしている真鍋とアイコンタクトで互いに健闘を称えた。

〝探偵〟がワインを所望し、真鍋が最高級品の中から肉に合う赤を持って来た。

真鍋がワインを注ぎ始めたのをきっかけに小園間は御影堂家のスタッフを紹介した。

香坂、真鍋が皆にお辞儀をする。実際は料理人から技術スタッフに至るまで他にも多くの人員が裏で待機しているが、彼らはシナリオに無関係のため存在を秘す。

「それからスタッフではありませんが、旦那様の主治医・白井先生です」

小園間に紹介され、端の席に座っていた中年男の白井が立ち上がり、会釈した。

「白井です。御影堂さんにいつも帯同しております。あんまり口うるさくしていたら仕事にはついて来るなと言われてしまいまして。仕方なく留守番をしております」

幾人かの笑い声が重なった。

「ポーカー好きの方がいらっしゃいましたら、是非お手合わせください」

無難にくだけた挨拶を終え、白井は腰を下ろした。

「それではご歓談を」

言って、小園間が引き下がろうとすると〝探偵〟が手を挙げた。早くもやる気満々の顔をしている。まだ事件も起きていないのに。

〝探偵〟は芝居がかった所作で食卓を見回し、船長が来ていないと指摘した。

小園間は努めて冷静に答えた。予測できた質問だ。

「食欲がないので部屋にいるとのことです」

〝探偵〟は怪訝(けげん)そうな顔をした。

「体調は良いとのことですので、ご心配なく。お料理は後ほどお部屋にお持ちします」

これ以上〝探偵〟が追及しないよう小園間は強めに言った。

〝探偵〟は納得できないようだったが、料理と酒が徐々に機嫌を直した。

次第にあちこちで会話が弾(はず)み始める。

「雫久さんは四年生なんですかー。就職は決まりましたー？」

日々子と雫久が女子トークに花を咲かせる。

「ひとまず、父の会社に」

「そっかー。いいですねー」

「七光り全開で恥ずかしいんですけど。でも一応、社会には出ますので。就職したくないから大学院に進んだ榊先輩よりは大人かなと」

　雫久が榊に軽口を飛ばす。

　榊は肩をすくめ、話題を変えた。

「それより、談話室の本棚。あれはすごいな」

「あ、気づいちゃいました？」

「古典しか置いていなかったけど、その辺の図書館より充実している」

「本棚？」

　日々子が首を傾（かし）げた。

　佐藤も興味津々で聞いている。

「父の蔵書です。ほとんど古典なんですけど和洋のミステリーを揃えています」

「お父様はミステリーがお好きなんですかー」

「はい。奇岩館なんていう別荘を建てるくらいですからね」

「すいません。私、ミステリーは人並みにしか読んでこなかったのでー」

「アルセーヌ・ルパンの物語に奇岩城というアジトが登場するんですよ」

「じゃあ、ここはお父様のアジトというわけですかー」

「子供っぽいですよね。仕事以外はミステリーと手品のことしか考えてないんじゃないかな。なんて言いつつ、私のミステリー好きも父の影響なんですけど」

　雫久が苦笑する。

　その時、榊の隣で静かにしていた山根が突如身体をのけ反らせた。

「うわぁっ」

　和んだ空気が凍りつく。

　山根は横の天河を見て怯(おび)えていた。

「あ、すいません。驚かせちゃいましたね」

　と、笑う天河の手には刃渡り三十センチほどのナイフが握られていた。

「ここへ来る前に寄った島で売っていたんです。カットラスっていう、この辺で使われている農業用のナイフなんですよ。昔の海賊たちも愛用していたらしくて。奇術の小道具にいいなと思って小ぶりのものを買ってみました」

「天河さんはマジシャンなんですかー」

「奇術」というワードに反応し、日々子が目を輝かせた。

「アマチュアですけどね。本業は会社経営です」

「青年実業家！　すごいですね」

　雫久が会話に乗る。

「とんでもない。御影堂グループに比べたらとてもとても」

「父だって祖父から引き継いだだけですし」

「ゆくゆくは雫久さんが引き継ぐんですか」

「え？　私には無理ですよ！」

　天河と雫久を中心に会話が盛り上がっていく。

　小園間は時計を見た。

　まさか忘れているわけではないだろうが、一応念を押しておくか。

「お嬢様」

「ええ、そうね」

　声を掛けられた雫久は自然な反応を見せた。覚えてはいたようだ。

「実は皆様に相談したいことがあるんです」

　雫久は話題を仕切り直した。

「一昨日、私宛てに手紙が届いたんですが、意味不明の内容で。ぜひ皆様にも解読を
お手伝いいただきたいんです。小園間さん」

小園間はポケットから手紙を出し、雫久に差し出した。

「ミス研のメンバーとしては独力で解けなくて悔しいんですけど」

雫久は手紙を回覧させた。

手紙に目を落とした〝探偵〟は眉間に皺(しわ)を寄せたが、じっと文面を見つめるうち、その顔には不敵な笑みが浮かんだ。

他の者も面白がったり、気味悪がったり、無表情のまま次の者に手紙を回したりと、思い思いの反応を示す。

最後は佐藤の手元に渡った。

佐藤は手紙を凝視し、固まっている。

「お預かりします」

小園間はさりげなく、佐藤から手紙を回収した。

佐藤は「すいません」と恐縮し、また料理を食べ始めた。

モブキャラなんぞが謎を解こうとするな――。

小園間は内心で悪態をつき、手紙をポケットにしまった。

3

小園間に手紙を奪われても佐藤の脳裏には文面がしっかり残っていた。

> 乱歩は隠し
> 正史は塞ぐ
> 最後に彬光くびを捥ぐ

一同から手紙についての質問が飛び、雫久が一つ一つ答える。

封筒には宛名のみで差出人の名前や住所は記載されていない。手紙の文面も封筒の宛名も手書きではなく印刷されており、筆跡鑑定は不可能。このような手紙をもらう理由も不明だという。

「たしかに難解ですね。これだけでは暗号なのか脅迫状なのかもわからない」

天河が興味深げに身を乗り出した。

「はっきりしているのは、三人の名前だけですね。『乱歩（らんぽ）』『正史（せいし）』『彬光（あきみつ）』」

榊が食事をしながら言う。

「それぞれ江戸川乱歩、横溝正史、高木彬光を指していると考えて間違いないでしょう」

佐藤もそれは推測できた。

榊のミステリー講義が続く。

「いずれも日本にミステリーの礎を築いた大作家ですが、三人を並べると別の意味も生まれる」

「日本三大探偵の生みの親ですね。明智小五郎、金田一耕助、神津恭介。そこまでは私にも読めました」

雫久が応じると、日々子が小さく拍手した。

「雫久さん、詳しいですねー。さすがミス研」

「いえいえ、ミステリーファンにとっては、世界三大美女より簡単な問題ですよ」

雫久が照れて謙遜する。

「そうなんですかー。ん、世界三大美女って誰でしたっけ」

思案する日々子に一瞥もくれず、榊が続ける。

「これらのことから一つ推測できる。差出人はミステリーに思い入れがあるということだ」

「ミス研メンバーに三大ミステリー作家の怪文を送るぐらいですからね。さすが、先輩！」

今度は雫久が榊を持ち上げた。

が、榊は謙遜せず、得意気に鼻を鳴らす。

「禍々しさも感じられますね」

天河が口を出した。

「一行目の『乱歩は隠し』、二行目の『正史は塞ぐ』。ここまでは宝探しのヒントに見えなくもない。でも、三行目の『最後に彬光くびを捥ぐ』、これが示すのは――」

天河は一同を見渡した。

「――殺人予告」

食卓が静まった。

「殺人ですかー、そうなれば私の守備範囲ですねー」

冗談めかした日々子が沈黙を破った。

他の面子も表情は明るい。真剣に取り合っていないようだ。

佐藤も深刻にはなれなかった。

「首を捥ぐ」という表現は物騒だが、殺人予告と見なすのは飛躍し過ぎな気がする。

しかし、無視もできない。もし、この館が徳永失踪に関係しているなら全ての出来事に目を光らせる必要がある。

佐藤は周囲の会話だけでなく、表情まで念入りに観察した。日々子を除けば、皆がミステリーへの関心が強い。日々子も小説には疎いものの猟奇犯罪を研究している学者だ。犯罪に興味を抱く人間が集結した奇妙な空間と言える。

「佐藤様、お味はいかがでしたか」

突如、小園間に声を掛けられ、佐藤は自分の挙動不審さに気づいた。周りをジロジロ見ていては場の雰囲気が悪くなる。

「あ……お、美味しいです」

佐藤は反省して俯いた。

その後も怪文が座興となり、晩餐の会話は弾んだ。しかし、答えが明かされない推理ごっこは座興の域を出ないまま、お開きになった。

4

食堂から人がいなくなったのを確認し、小園間は一階の執事室へ戻った。

扉を施錠し、奥の壁に掌をあてる。音も立てず、壁が開き、地下への階段が現れた。

部屋のドアは一般的なシリンダー錠だが、壁の隠し扉は最新の指紋認証式だ。万が一、誰かが部屋に忍び込んでも壁の仕掛けを見抜かれる心配はない。

小園間は階段を下りた。背後で壁が自動的に閉まる。

古めかしい木造の地上階とは違い、地下は無機質ながら近代的なコンクリート造。

地下通路を抜けた先に司令室がある。館裏の岩山を掘削して造られた施設だ。執事室から司令室までそこそこ距離があるため幾度も往復するとそれだけで結構な運動になる。

急ぎ足で向かった小園間は少し息が弾んでいた。

司令室には大きな会議テーブルが置かれ、等間隔で椅子が並んでいる。全ての椅子は一方向を向き、その先の壁全面には十二台のモニターが設置されていた。モニターにはホールや食堂、談話室、そして各客室の映像がリアルタイムで表示されている。

テーブルの向こうに、上司の九条雅（くじょうみやび）が不機嫌そうに座っていた。黒と金のド派手な着物を肩が見えるほど着崩し、ロングの髪は結わずに、そのまま下ろしている。

雅は小園間に鋭い視線を投げた。

年下の女上司からまた小言が飛んでくるのかと小園間は身構えた。

ばっちりメイクも相まって妖艶なオーラを発しているが、こき使われる人間からすれば、鬱陶しいとしか感じない。

しかし、雅は小園間を一瞥しただけで、モニターに視線を戻した。

一仕事終えた部下に労いの言葉すらかけないのかと呆れるが、ヒステリックになっていないだけ良しとした。

モニター前のオペレーション卓には専門の技術スタッフが常駐している。その横でライターがノートパソコンを広げ、腕組みしていた。ここでは傲慢にも「カー」と名乗っている。自分は密室トリックの大家だとアピールしたいらしい。ノートパソコンにはフローチャートが表示されていた。

「先生、問題無かったですよね」

小園間はカーに確認した。多少の想定外は抑え込めたはずだ。

「たーぁぶんね」

カーがあくびをしながら答えた。

探偵遊戯は緻密なシナリオを準備するが、〝探偵〟の立ち回りやアクシデントなどによりシナリオどおり進行しないこともある。そのためライターも現場に詰め、進行しながら筋書きを修正する。

「次から次へと面倒な要求を」

雅が真っ赤に塗った爪でテーブルをコツコツ叩いた。

「もっと吹っ掛けてやれば良かった。二件分、いや三件分の料金をもらってもおかしくないよ、これ」

「そうですね」

独り言のように毒づく雅に小園間は相槌を打つ。

「増えた負担に追加料金が釣り合ってないわ。その上、こっちがヘマをしたら、どんなクレームが来るかわからない」

雅は小園間に冷たい視線を投げた。

失敗したら、お前の責任だ。

そう言下に脅されていると小園間は悟った。

大口顧客である〝探偵〟サイドからのクレームが上層部の知るところとなれば、責任問題となる。当然、責任は監督役の雅が負うべきものだが、この上司には前科があった。本部に勤務していた頃、〝探偵〟から大きなクレームが入る度、部下に責任をなすりつけ、尻尾(しっぽ)切りにして逃げていたのだ。結局は上層部に目をつけられ、日本支部に飛ばされたが、今でも本部に戻る野心を隠そうとしない。

「準備は万全？　失敗は許されないわよ」

雅はモニターに映る最初の犠牲者に目をやった。

「はい。問題ありません」

面従腹背。小園間は軽く頭を下げた。

「あの佐藤って子は？　様子がおかしいけど」

「緊張しているんでしょう。これからますます動揺するでしょうが、邪魔にはなりません。他人への依存心が強く、命令に従いやすいタイプです。万が一おかしな兆候があればすぐ対処します」

「油断はしないように」

言いながら雅が立ち上がった。着物の裾を翻し、奥の扉から部屋を出て行く。

途端に息が吸いやすくなった。

気づくと、キーボードをカタカタ叩く音がする。

カーが一心不乱にノートパソコンで文章を書いていた。

「先生、変更があるんですか」

小園間は慌てた。

「話しかけないで。原稿書いてるんだから」

カーは振り返りもせず、言い捨てた。

「原稿と言いますと？」

「君には関係ない」

この馬鹿。さては他の仕事をしているのか。

「先生……ですが、今はこちらに集中していただかないと」

「直木賞を取る邪魔は誰にもさせないよ」

「出版のご予定が？」

口が滑った。

カーはキーボードを叩く手を止め、振り返った。睨みつける目が憤怒と恥辱の色で濁っている。

しまった。なんとか宥めないと——余計な仕事を増やしてしまった。

小園間は肩を落とした。

すると、ふいに不安がやって来た。

事前準備もイレギュラー対策も全ての行程をチェック済みだ。なのに、何か抜けている気がする。思えば、クライアントの無茶な要求やアクシデントのせいで今の今まで忙殺されていた。些細な見落としも皆無とは断言できない。

小園間は十二台のモニターに目を走らせた。館内の人間たちを一人ずつ確認する。

大丈夫だ——。

自分に言い聞かせた。

いつでも始められる。

＊

お待たせいたしました。

いよいよ惨劇の幕が上がります。

ご存じのとおり、今回は連続殺人。さらに見立て殺人の趣向も添えてお届けいたします。

皆様には一連の事件を舞台裏も含めて俯瞰でご覧いただきますが、この世界の隅から隅まで堪能していただきたく、多種多様な仕掛けを用意しました。

惨劇の祭りはノンストップで最後まで突き進みます。不謹慎なエンターテインメントを心行くまでお楽しみください。

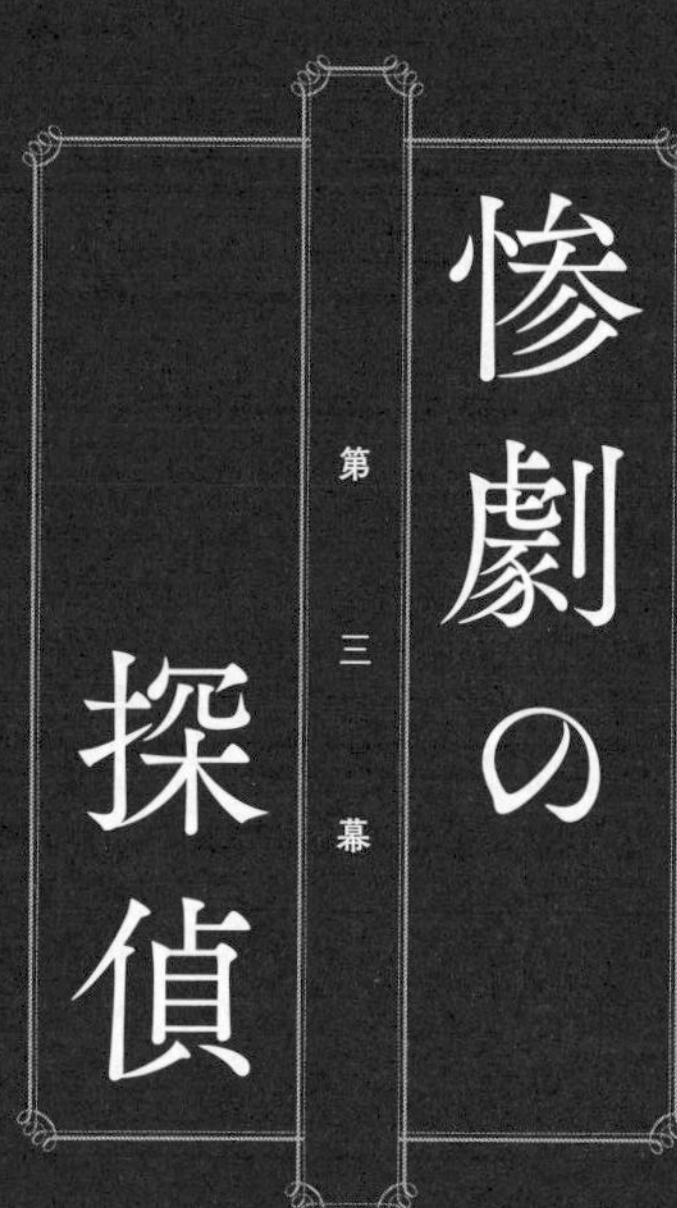

惨劇の探偵

第三幕

1

時差ボケは解消されていないようだ。

部屋に戻った佐藤は革張りの肘掛けソファに座り、ぼうっと天井を見つめていた。肘掛けソファは一人用だが、作りが大きい。幅も少し広いし、何より高さがある。小柄な人なら深く座ると足が浮いてしまうだろう。その大きさが却って包容力を感じさせ、心地いい。

夕食の味は最高だった。

これで高額報酬をもらえるなんて、どう考えてもおかしい。館や人々も妙だ。カリブ海にいるはずなのに、まるで日本の古いお屋敷にいるようだ。食堂に集まった面々もバイトで参加しているのだろうか。それにしては落ち着いている。

強いてバイトっぽい人物を挙げるなら、あの山根という陰気な男だ。自分と山根。極端に無口なのはこの二人だけ。しかし、山根がバイトなら榊や雫久も——。

「もうワケがわからん」

独り言ちて目を閉じる。

体験すること全てが浮世離れしていて思考するのが億劫になる。

徳永の手がかりも見つからない。まだ探索の余地はあるが、目立ったことはできなそうだ。夕食の席で周りの会話に神経を集中していたら小園間に睨まれた。どうやら周囲への疑念が顔に出ていたらしい。指示されたとおり大人しく過ごし、バイト料をもらうのが正解なのかもしれない。

ノックの音にはっとする。

寝落ちしそうになっていたようだ。

「天河です」

ドアの向こうから声。

目を開けるのも辛く、返事を留保する。

「寝ちゃいました？　せっかくなのでお話ししませんか」

天河の部屋はすぐそばだ。他の客は二階だから手近な人間から声をかけたのだろう。でも、誰とも話すなって言われてるし——。

佐藤は賑やかな隣人を無視することにした。

薄目を開け、時計を見ると二十時を過ぎている。

シャワーは明日の朝にするとして、せめてベッドで寝よう。

頭はそう指示するが、身体が動かない。このままでいいから寝ろと脳に反論する。

脳と身体の攻防はしばらく続いた。

どのくらい時間が経ったただろうか。

部屋の外でガラスの割れる音がした。

続いて女の悲鳴が響いた。

身体が一瞬で目覚め、椅子から跳ね起きる。

が、ドアノブを摑んだところで迷いが生じた。

余計なことをしない。絶対のルール。それに反してしまう。しかし、何かアクシデントが起きたのだとしたら——。

佐藤は時計を見た。

二十一時半。一時間半も経っていたのか。

恐る恐るドアを開け、廊下を覗く。誰もいない。ホールに向かう。ゆっくり慎重に。他の人間が駆けつけていたら、すぐに戻ればいい。

ホールを覗くと、応接間の前に女性が立っているのが見えた。雫久だ。他には誰もいない。

「佐藤さん……」

雫久に名を呼ばれ、佐藤は意を決して近づいた。

「悲鳴が聞こえたんですが」

「すみません。突然、大きな音がしたので」

悲鳴を上げたのは雫久のようだ。

「ガラスの割れる音ですね」

「はい」

「どこから聞こえたかわかりますか」

「たぶん、あっちかと」

雫久は青い顔で佐藤の背後を指さした。今、通ってきた廊下だ。どうやらガラスが割れたのは反対方向だったらしい。

「佐藤さんはお怪我などありませんか」

「ええ。僕も音に驚いて出て来たんです。ちょっと戻ってみます」

そう言うと、腕に感触があった。

雫久がしがみついていた。

「し……ずくさん」

心臓が波打つ。雫久に伝わるのではと心配になるほど鼓動は激しさを増した。

「実は少し前に変な人影を見たんです。あちらに向かっていきました」

雫久は怯えた目で廊下の先を見つめている。

「少し前……天河さんですか」

「わかりません。一瞬でしたし、姿が真っ黒で……」

「廊下には誰もいませんでした。とにかく行ってみましょう」

ルールなど、どこかにふっ飛んでいた。

雫久に男らしいところを見せたいという一心で、廊下を戻った。

部屋の前に着く。異常はない。

「あれ?」

気づいたのは雫久とほぼ同時だった。

奥にある天河の部屋。その前の廊下に異変が起きていた。敷かれた臙脂色の絨毯が黒ずんでいる。

「なんだろう」

雫久と目を合わせ、一緒に天河の部屋へ向かった。部屋の前で屈み、変色した絨毯に触る。指が濡れた。

「水だ」

水に濡れたことで絨毯が変色したように見えていたのだ。水は部屋の中から染み出ている。

「どうかされましたか」

背後から小園間が駆けつけた。

なぜ、お前がここにいる。

とばかりに一瞬睨まれたが、雫久が事情を説明すると小園間の注意はドアに向けられた。

小園間はドアをノックし、天河の名を呼んだ。返事は聞こえない。

ドアノブを回す。当然、鍵が掛かっている。

小園間は使用人室にマスターキーを取りに行くと言って、ホールの方へ急ぎ足で向かった。

五分もかからず、戻ってきたときには、榊と山根、そして日々子が同行していた。三人とも悲鳴を聞き、二階から下りてきたところ、小園間と鉢合わせしたという。

小園間はもう一度ノックし、少し間を置いてからマスターキーでロックを解除した。部屋の内側に扉を押すと、ガチャという音がして、それ以上開かなくなった。

小園間は少し強引に扉を押した。

ガチャガチャとガラス片が擦(こす)れ合う音がして、さらにドアが開く。

「あっ」

部屋を覗いた日々子が驚きの声を上げた。

佐藤は小園間の肩ごしに首を伸ばした。

半開きのドアの隙間からベッドに横たわる天河が見える。眠っているのではないことは明らかだった。天河の目は天井を向いたまま焦点を失い、その胸には短刀が深く刺さっていた。

「なんてことだ！」

小園間が取り乱したことで、目の前の光景が現実味を帯びた。

人が殺されている——。

頭がじんわりと痺(しび)れたような感覚に陥った。

「警察を」

榊が冷静に指示した。

「は、はい……」

小園間は廊下を走っていった。

その背中を数瞬見送った佐藤は顔を戻して、ぎょっとした。榊と日々子が部屋に足を踏み入れている。

「……いいんですか」

佐藤の呼びかけは無視された。

戸惑っているうちに、山根も部屋に入ってゆく。

なんて非常識な……。

雫久を見ると、「無理」と言って首を横に振った。

「あれー？」

日々子が素っ頓狂な声を出した。

佐藤は我慢しきれず、入室した。

「これは人形のー？」

日々子が天河の胸に刺さった短刀を指さす。

談話室の神将像がくわえていた短刀だった。

榊が短刀に顔を近づける。

「そのようですね」

興味津々で死体を見分する榊と日々子に眉をひそめながら佐藤は部屋を見回した。

部屋の家具は佐藤の部屋とほぼ同じだ。ベッド、一人用の肘掛けソファ、テーブル。

卓上には中南米の土産物と思われる木彫りの民芸品やラム酒と並んで部屋の鍵が置かれていた。

榊は天河の死体から目を離し、窓へ向かった。カーテンを開き、考え込むように息を漏らす。

その様子を山根がじっと見つめている。榊に付き従うと割り切っているようだ。

横から日々子が覗いた。

「窓の鍵も締まってますねー」

佐藤は息を呑んだ。

ということは――この部屋、密室じゃないか。

「ドアも窓も鍵が掛かっていたとなると、密室殺人ということになりますね」

榊が人差し指で眼鏡のブリッジを押さえる。

嘘だろ。

殺人事件に出くわすだけでも一生に一度あるか無いかの話なのに。ましてや密室殺人だなんて……。

「密室ですかー。さすがに専門外だなー」

日々子がどこか嬉しそうに部屋を見回す。

「でも、マスターキーがあるんじゃ？」

つい口を挟んでしまった。密室を否定したいわけではないが、これ以上の非日常に叩き込まれると脳のキャパを越えてしまう。

すると、榊は「いや」と言って、半開きのドアを閉めた。扉の裏にガラス片が固まって落ちていた。もともとは花瓶だったと思われる。廊下まで染み出ていたのは、この花瓶に入っていた水のようだ。部屋で聞いたのも、これが割れる音だったのだろう。

「ドアに引っ掛かったのは、こいつだ」

榊は指紋が付かないようハンカチ越しにガラス片を摘まみ上げた。

日々子が思案顔をする。

「んー、ドアを開けようとしてすぐ音がしたからー、扉のすぐ手前に落ちていたんでしょうねー。私たちの前に誰かがドアを開けていたら破片が動いてしまっているはずー。つ、ま、り」

天然なのか若作りの一環なのか、日々子は喋り方がトロい。聞く人によっては、じれったいと突っ込みたくなるかもしれない。

「天河さんが死んで以降、このドアから誰も出入りしていない」

一方、榊は必要最低限の言葉しか口にしない。

この二人の主張は否定し難い。窓は内側から鍵を掛けられ、ドアは施錠だけでなく、花瓶の破片によっても開かれていないことが証明されている。完全な密室だ。

「誰も出入りしていないとしたら、天河さんの自殺？」

言って佐藤は天河の死体を観察した。

短刀は服の上から深く刺さり、ベッドまで血に染めている。

「自分でここまで刺すのは無理ですよー。うつ伏せならまだしも仰向けですしー」

「何らかの方法で自分を刺した後、仰向けに倒れたとしたら？」

榊が自殺説を引き取った。

「うーん、難しい気がしますけどー」

日々子は頭に拳をのせて考え込んだ。

「ほら、ベッドの血を見てください。仰向けで刺さないとこんな血の付き方はしませんよー」

日々子は死体に触れないようベッドの縁を下に押した。天河の身体に沿って血が途切れているのが見えた。死体の下に血が付いていないということは、このままの体勢で出血したということだ。

閉まっていたドアが急に開き、佐藤は小さく悲鳴を上げた。

振り返ると、顔面蒼白(そうはく)の小園間が唇をわなわなさせている。その背後から雫久が心配そうな顔を覗かせていた。

小園間は一度、雫久の顔を見てから部屋の中に向き直り、告げた。

「電話が——壊されています」

談話室のレトロな電話機は無残な姿に変わっていた。受話器の線が切断され、電話線も乱暴に切られている。

「言うまでもなく、誰かが故意にやったようだ」

榊が切断面を山根に見せた。

山根は引きつった顔でコクリと頷く。

「犯人は徹底していますねー」

壁の前で屈んだ日々子が呑気に言った。

電話線の差込口まで破壊されている。

佐藤は動けずにいた。雫久が腕にしがみついているからだ。

「困りましたね。警察を呼べません」

小園間が眉を八の字にする。

「他に外部と連絡を取る手段は？」

榊が尋ねると、小園間は首を横に振った。

「明後日、旦那様がお帰りになるのを待つしかありません」

「まさか」

無意識に口からこぼれた。

殺人が起きた孤島で外部との連絡手段が断たれる。

こってこてのクローズド・サークルだ。

犯人が意図的に作り上げたのだろうが、にわかに信じられず、頭がくらくらする。

「これじゃ、まるで――」

言いかけて、口をつぐむ。

死亡者が出る緊急事態だ。もうバイトは中止だろう。そう思っていたが、どこからも中止の声がかからない。

――何が起きても役割を続ける。

事前の指示を思い出し、背筋が寒くなった。

「凶器はここにあった短刀ですね」

気づくと榊が神将像の前に移動していた。

神将の口から短刀が消え、薄く開かれた口元が露わになっていた。

天河が電話を壊し、短刀を盗み、部屋に戻って、何らかの方法で仰向けのまま自分の胸を突いた。

そう考えるのは無理がある。誰かに殺されたと見るのが自然だろう。やはり殺人だったのだ。

「殺人だとすると、密室の謎が残りますねー」

日々子が肘掛けソファに座った。

「本当に密室だったのかな」

榊が眼鏡のブリッジを押さえる。考える時の癖らしい。

「うーん、先ほど調べた感じじゃ、完璧な密室でしたからねー。扉は鍵が掛かっていて、ガラス片で塞がれている。二重の密室ですー」

「犯人がマスターキーを持っていたとしたら花瓶を割るだけで済みます」

「どうやって部屋の外から花瓶を割るかー、それが問題ですねー」

密室殺人の謎を推理する榊と日々子を佐藤は黙って見つめていた。

ドアのすぐ内側に花瓶の破片が落ちていたことで、密室は強固になっている。それだけではない。天河の部屋の異変に気づいたのは、花瓶の水が廊下に染み出ていたからだ。犯行を周囲に知らせる意図もあったことになる。わざわざ神将像の短剣を使用している点からも計画的な犯行と考えていい。

「小園間さーん、マスターキーはいくつあるんですかー」

日々子がソファの背もたれから顔を出し、小園間に訊いた。

「一本しかありません。普段は使用人室で保管してあります」

「その部屋には誰でも入れるんですかー」

「いえ。使用人室の鍵は私しか持っていません」

「さっき取りに行ったときー、施錠されていましたー？」

「はい」

「施錠したのは、いつですー？」

「夕食の後片付けを終えた後です」

「時間は？」

「八時半頃だったと思います」

「花瓶が割れたのは九時半頃でしたねー」

日々子は雫久に視線を向けた。

「はい」

雫久が慌てて頷く。

「どこで音を聞いたんですー？」

「応接間です」

「なぜ、一階に居たんですかー？」

「喉が渇いたので、お茶を淹れようと食堂に行ったんです。部屋にもポットはあるんですが、もし誰かいたらお喋りしようかなと思って」

「誰かいましたー？」

「いえ。でも、せっかくだからと思い、応接間で本を読みながら少し待っていたら大きな音がして」

「悲鳴を？」

「すみません……」

雫久は恥ずかしそうに俯いた。

「あ、あ、とんでもないですー。雫久さんのおかげで私たちは事件に気づいたんですからー、ね？」

日々子に同意を求められた榊が黙って頷いた。

「――そうなると」

榊は待っていたかのように話を継ぐ。

「少なくとも花瓶が割れた時刻、マスターキーは使用人室にあった。つまり、花瓶は施錠された室内で割られたことになる。小園間さんが嘘をついていなければ、ですが」

「や、やめてください。私が使用人室を施錠したところは香坂も真鍋も見ています」

「でも、その後いつでも開けられたわけですよね」

「そんなぁ……」

小園間が情けない声を出した。

「あのう」

雫久が手を挙げた。

「私、音を聞いた直後からホールに出て、天河さんのお部屋に続く廊下を見ていたんですが、通った人はいませんでした。佐藤さんがご自分の部屋から出てきただけです」

雫久に名前を出されて佐藤はギクリとしたが、誰もそこには興味を示さなかった。

佐藤が部屋を出たのは、殺人が起きた後だ。

「小園間さんも見てないと？」

「ええ。小園間さんは後から来ました」

雫久ははっきり断言した。

小園間が安堵したように背中を丸める。

「天河さんの部屋は一番奥の行き止まりですよね」

榊に訊かれ、小園間の顔がまた曇る。

「は、はい。客室へはホールからしか行けないようになっています」

「……だとすれば、厄介なことになる」

榊が眼鏡を触る。

「扉の施錠、ガラス片、そして、誰も通っていない廊下。密室が三重になった」

「ほー」

日々子が目を丸くする。

「ただ……気になることが」

雫久はホールで見たという人影について話した。

人影を見たのは、ガラス瓶が割れる二十分から三十分ほど前だという。

佐藤はその時間に部屋を出ていないと訴えた。

榊と日々子が話し合う。

「だとすると、人影は天河さん自身か犯人ということになる」

「犯人だとしたらー、客室の方へ行ったきり戻ってないことになりますねー。どこに消えたんでしょうねー」

密室の謎が膨れ上がるのを目の当たりにしながら、佐藤の意識は別のところにあった。

犯人が完成させたのは密室だけではない。

なぜ、クローズド・サークルまで作ったのか。

これまで読んできたミステリーの記憶を辿るまでもなかった。外界から切り離された舞台、クローズド・サークル。自然現象やアクシデントなどで偶発的に出来上がるケースもあれば、犯人の手で故意に作られることもある。その動機は様々だが、最終的な目的はたいてい一つに集約される。

連続殺人だ。

また誰かが殺される——。

「あ、もしかして！」

雫久が大きな声を出し、皆の視線を集めた。

「ほら、あの手紙……『乱歩は隠し』って、この短刀のことじゃ？」

「短刀を隠した、か」

榊は神将像を見つめた。

「凶器に使うことを『隠した』と形容するのは違和感があるな」

「そうかぁ。まあ、確かに」

雫久が残念そうに認めた。

「そうですねー。消えたままになっているのは、むしろ犯人の方ですよねー」

「日々子さん、落ち着いてますね。猟奇犯罪学者は、こういうの慣れっこですか」

そう言う雫久も大きく取り乱してはいない。他の面々もそうだが、殺人事件に遭遇したら、もっと怖がるのではないか。

佐藤は雫久を横目で見ながらこっそり胸を押さえた。

こっちは心臓がバクバクだってのに。

「いえいえ、そんなことないですー」

日々子は手をひらひらさせた。

「あれは、ただの刺殺ですからー。猟奇殺人ではありませんよー」

日々子の言い草に佐藤は耳を疑った。

どれだけの死体を研究してきたのか知らないが、感覚が麻痺（まひ）している。

「乱歩が犯人を隠す――一体どこに」

榊が自問した。

「山根、どう思う?」

突然、水を向けられた山根は言葉を詰まらせた。

佐藤が見る限り、自分の他に動揺を隠せずにいるのは、この山根だけだ。すっかり青ざめて唇を震わせている。同類として親近感を覚えた。

「首が……掵げてない」

山根が絞り出したのは、手紙の三行目についての指摘だった。

――最後に彬光くびを掵ぐ。

榊が首肯する。

「そうだな。天河さんの首に異常は無かった。『正史は塞ぐ』の一文とも合致しない。やはり手紙とは無関係だろう」

違う。

佐藤は内心で反論した。

それだけで怪文との関連は否定できない。

連続殺人に発展するとしたら、二行目以降の暗示はまだ実行されていないだけかもしれない。

殺人が続く可能性に誰も気づいていないのか。

しかし、発言するのは躊躇われた。こんな状況でも事前の指示に従っている自分が滑稽だった。

きっと他にもバイトで参加している奴がいるはずだ。その誰かに口火を切ってほしい。

バイトを中止にしよう、と。

誰かが切り出せば、すぐにでも賛同する。次の犠牲者が出ないようにアイデアも出す。でも、自分が言い出しっぺになるのは避けたかった。

――なんと情けない。

口が半開きの神将像になじられている気がした。

2

最初の殺人は難しくない。

トリックはシンプルで実行も容易。唯一の不安は殺害時、天河の抵抗に遭うことだった。そのため夕食に睡眠薬を入れておいた。食堂で寝てしまわないよう少量にしておいたが、時を置かずに睡魔が協力してくれたはずだ。〝犯人〟はもう自室に帰っているだろう。

談話室で一同を解散させた小園間は急いで執事室に向かった。

「それにしても」

歩きながら吐き捨てる。

天河のカリブ土産を見て、小園間の苛立ちは増していた。

世界観を台無しにしやがって。

ここは日本の洋館を再現しているのだ。あんな物を持ち込んでは現実に引き戻されるではないか。ディズニーランドに忍者の衣装を着て入場するようなものだ。こちらの意図を理解していないとはいえ、実に無粋だ。

それでも一つ目の殺人が済み、肩の荷が少し軽くなった。無粋な品物も全て天河の部屋にある。これ以上、目を汚すこともないだろう。

ネガティブ思考はやめて、前向きに。

そう言い聞かせ、執事室のドアを開ける。

途端に胃の奥が重くなった。

机に置かれたロウソク型のランプが点いている。雅からの呼び出しだ。

奇岩館は古風な作りで統一しているため、呼び出しランプもカモフラージュされている。連絡用のイヤホンとマイクも所持しているが、周囲に無線の存在を知られないよう袖に隠し、緊急時のみ使用する。

司令室に行くと、雅をはじめ一同が険しい顔をしていた。

モニターには使用人の自室を除いた全ての部屋とホール、館の周囲が映っている。いずれも一見わからないよう偽装した監視カメラで撮影されているものだ。

小園間を横目で捉えた雅は無視するようにモニターに目を戻す。

嫌味でも言う気か。

小園間もあえて声を掛けずに待った。

些細なミスを突っつくことが、部下のパフォーマンス向上に繋がる。そう勘違いしている節が雅にはある。

「〝犯人〟が出てこない」

「は？」

驚いて間抜けな声を出してしまった。

「まだ『天河部屋』に？」

咄嗟（とっさ）に天河の部屋を映したモニターを見る。

天河の死体、割れた花瓶、肘掛けソファ、テーブル、サイドボード、土産物——発見時のままだ。

肩透かしをくらった気分になるが、すぐ事の異常さに気づいた。

〝犯人〟の自宅を映したモニターに人影がない。

雅がモニターを見たまま言った。

「椅子から出てきてないの」

「は？」

また間抜けな声が出た。

とっくに部屋を出ているはずの〝犯人〟が椅子からも出ていない。

「どういう……」

「こっちが聞いてるの！　どうなってんの？」

怒鳴られても答えようがない。今まで現場で動いていたのだ。進行チェックは司令室の仕事ではないか。

カーを見ると、他人事のような顔をされた。

こいつ――。

オペレーション卓でモニターを凝視している技術スタッフの磐崎に話を振る。

「本当に椅子から出てないのか」

「はい……」

「間違いないか」

語気が強まる。

「見逃した可能性は？」

「……あるかもしれませんが、さすがに気づくと思います」

曖昧な答え。

怒鳴りつけたくなる。

しかし、それは酷だということも理解している。悪いのはスタッフではなく、雅だ。

利益を少しでも大きく見せるため人件費を減らしたツケが回っている。モニターの監視スタッフは常時三名必要なのに一人体制に変えた。見逃しが増えるのは予測できた。

「録画のチェックは？」

「早くやって」

雅が顎をしゃくった。

舌打ちを我慢して、自らオペ卓を操作する。磐崎には監視を続けてもらわないといけない。

「プレビューモニターに出す」

オペ卓脇のモニターに天河の部屋が映った。犯行時の時刻まで映像を巻き戻す。

「ここだ」

夕食後しばらくして天河が部屋に戻った。

さらに時間を置いて、部屋に来訪者。〝犯人〟だ。黒のフード付きガウン。顔は見えない。天河は〝犯人〟を迎え入れ、会話に興じ始めた。〝犯人〟はカメラを背にしてソファに座り、天河はベッドに腰かけている。眠気に襲われたのだろう。天河は足を伸ばし、壁に寄りかかった。そのまま舟を漕ぎ始め、数分と経たず、寝入った。

〝犯人〟は天河を仰向けに寝かせ、ガウンの下から神将像の短刀を取り出した。天河の胸の上で短刀を構える。躊躇なく振り下ろすと、天河が一瞬小さく悲鳴を上げた。

短刀は一度で刺さらず、〝犯人〟は再び胸に突き立てた。

天河は絶命。

〝犯人〟は少しの間、放心した後、ドアと窓の施錠を確認し、サイドボードの花瓶を持ち上げ、ドアの前に叩きつける。

花瓶が粉々になり、絨毯を濡らした。

間髪入れず、〝犯人〟は肘掛けソファの背面に回る。ソファは中が空洞で背面が開く仕掛けになっている。〝犯人〟は背面の木枠をスライドさせ、中に身を隠した。木枠が下がると元の肘掛けソファに戻った。人間が入っているとは想像できないだろう。江戸川乱歩の『人間椅子』をモチーフにしたトリックだ。

計画どおりの完璧な動きだった。しばらくしてドアが開き、小園間が顔を出した。その後、榊、山根、日々子、佐藤が入室。部屋を見て回っていると、戻って来た小園間から電話が壊されたと告げられ、皆揃って退室した。

問題はここからだ。

〝犯人〟は人間椅子を出て、開いているドアから部屋を脱出する手筈(てはず)になっている。そのために電話を壊し、一同を談話室に集めた。

小園間はモニターを凝視した。いくら待ってもソファから〝犯人〟は出てこない。見逃さないよう慎重に早送りする。部屋の映像は静止画のように何の変化も起きず、結局、現在に至るまで〝犯人〟はソファから出てこなかった。

小園間は前のめりになっていた姿勢を起こした。

「様子を見てきます」

「急いで」

雅がわかり切った命令を下す。

「天河部屋と一階廊下のカメラは全てオフにしてくれ」

小園間は磐崎に指示を残し、執事室に走った。

息を整えてから廊下に出る。天河の部屋へ向かいながら袖のマイクに口を近づけた。

「カメラは切りましたか」

〈ええ。オフってる〉

耳にあてたイヤホンから雅の応答が返ってくる。

天河の部屋は現場保全を理由に施錠しておいた。マスターキーでドアを開け、素早く入室する。天河の死体には目もくれず、肘掛けソファの背面をノックした。反応がない。

深呼吸してから背もたれの木枠に手をかける。

上に持ち上げると、カタッと音がして、背面部分が外れた。

と、同時に中から黒い塊が床に崩れ落ちた。

白井だった。御影堂治定の主治医で親友。そして、「奇岩館連続殺人事件」の〝犯人〟。その白井が下半身をソファに納めた状態で仰向けに倒れてきた。目が薄く開き、顔の筋肉は完全に弛緩している。

小園間は数瞬、白井と見つめ合った。

死んでいる――。

頭が真っ白になった。

視線を這わすと白井の脇腹あたりに刃物が刺さっていた。

直感する。死因はこれだ。だが、なぜ――。

考える前に無線のスイッチを押す。

「ソファの中で死んでいました」

応答がない。絶句する雅の顔が浮かぶ。

「下道で一人寄越してください」

〈了解〉

暗い声がイヤホンから聞こえた。

少しして隅の床が開き、制作スタッフが顔を出した。前回キャストをやらせたところ下手過ぎたため裏方に回した男だ。

「死体を運ぶぞ」

小声で言うと、床下からスタッフが上がってきた。

館内は床下の隠し通路で全室繋がっている。そのため厳密には密室ではない。しかし、隠し通路は存在しないことになっており、ライターもそれを前提にトリックを考えている。

「血を床につけるなよ」

スタッフと二人で白井の死体を床下に運ぶ。

ソファの中を見ると、血だまりができていた。慎重にソファを持ち上げる。幸い、血は床まで染み出していなかった。すぐに新しいソファと交換したいが、人手が足りない。仕方なく、白井の死体を移した後でスタッフにソファを運び出すよう指示した。

執事室から司令室への地下通路と異なり、隠し通路の高さは子供の背丈ほどしかない。身を屈ませながら死体を運ぶ。

「腰……腰が……」

二階の白井部屋に着き、やっと身体を伸ばせた。この部屋の監視カメラもオフにさせている。

ベッドに白井を寝かせ、スタッフを天河部屋へ向かわせる。入れ違いに医師が駆けつけた。こちらは本物の医師だ。緊急時のために控えさせているが、こんな形で呼び出すのは初めてだ。

白井の死体を検案した医師は、腹部を刺されたことによる失血死と結論を下した。法医学者ではないので死体の検案は専門外だが、他に考えられる死因が見つからず、間違いないという。

小園間は卒倒しそうになるのを耐えていた。

なぜ白井はソファの中で死んでいたのか、なぜ腹に刃物が刺さっていたのか、不可解なことだらけだが、この際、死因などどうでもよかった。

問題は、予定されている殺人を残して〝犯人〟が死んでしまったことだ。

この中年男を闇バイトで雇ったのは半年近く前。強盗致傷の前科があり、金のためなら殺しも厭わないところは申し分ないが、いかんせん柄が悪かった。粗野な中年を「医師の白井」として不自然にならないよう身なりから話し方まで矯正した。秘密をバラしたり、逃げたりしたら命はないと脅す傍ら、立ち居振る舞いの練習に付き合い、労をねぎらうため高級料理店にも連れて行った。向こうも慕ってくれていたように思う。本番まで一週間ほど余裕を残して見事な所作を身に付けた。犯行の段取りも完璧に覚えていた。

それが、こんな事になるとは――。

「死亡を確認しました。これから戻ります」

パニックになりかけながらも雅に報告を済ませ、また隠し通路に入る。

執事室を経由して司令室に戻ると、重たい沈黙が出迎えた。

「どうなってるの」

案の定、雅が問い詰めてきた。早くも責任逃れの算段を始めているに違いない。

知るか、と一蹴する代わりに無言でオペ卓に向かう。

録画映像をもう一度見直した。

白井が天河を殺し、施錠し、花瓶を割り、ソファに入る。

どこで刺されたというのだ。まさかソファの中で自ら刺したのか。

映像を巻き戻し、繰り返し同じ場面を再生する。

「ん……?」

違和感に気づき、再び巻き戻す。

「——これか」

カーが野次馬顔で首を伸ばした。

「ぶつぶつ言ってないで、説明しなさい」

背後から雅の棘が飛んできた。

「サイドボードを見てください」

白井と天河が話しているところで映像を一時停止する。

「——カットラスね」

サイドボードの上、花瓶の横にカットラスが載っていた。夕食の席で天河が見せびらかしていた農業用ナイフだ。

映像を進める。

天河が眠る。白井がベッドに近づく。監視カメラは部屋の入口付近から撮っているためサイドボードは白井の陰に隠れた。

それから白井が短刀を天河の胸に突き立てるが、殺せず、もう一度短刀を振り上げる。

「ここです」

白井が短刀を振り下ろす直前、目を覚ました天河の腕が動いた。手先は白井の背に隠れて見えないが、視線はサイドボードに向けられている。

その直後に白井は天河を刺殺。しばらく放心した後、はだけたガウンを直してから施錠するため移動した。

「カットラスが消えています」

サイドボードの上には花瓶しか載っていない。

「天河が刺した？」

雅がつぶやいた。

「殺した後に放心していたのは刺されたことに気づいたんでしょう。その段階では痛みもあまり無かったのかもしれません。しかし、気は動転していた」

「それでも段取りをこなして、ソファに？」

「思考停止した状態では他者の指示に従うのが楽です。白井もとりあえず事前の取り決めに従い、考えるのを後回しにした。命に関わるとは思っていなかったんでしょう。ところが、ソファの中で出血が酷くなり、失神して、そのまま――」

司令室の空気が凍った。

「下手に騒がれていたら全てがパアでした。不幸中の幸いかもしれません」

「どこが幸いよ！」

雅が激高する。

「〝犯人〟が殺されるなんて……予期できなかったの！」

「まさか被害者が刃物を持ち込んで反撃するとは……」

「シナリオが甘いのよ！　ホント、仕事できないわね」

小園間は手前のテーブルを穴が空くほど見つめた。危うく上司を睨みつけるところだった。

シナリオには雅も目を通している。だいたい企画の責任者は雅だ。一方的にシナリオの不備を責められる筋合いではない。

ふと、横から荒い鼻息が聞こえるのに気づいた。

カーが雅を睨みつけている。

まずい。

慌てたが、間に合わなかった。

カーが口を尖らせて、言い返す。

「シナリオの問題じゃないでしょうよぉ。条件が変わってんだからさあ。被害者が武器を持ってるって設定なら違う展開にしたよ。プロなんだから、こっちは」

「はあ?」

雅とカーが睨み合う。

が、さすがの雅もライターに逃げられるのは困る。あまり強くは出られない。

「──そうね。シナリオというより、あんな物を持ち込ませたのが悪いわ」

「ふん」

少し機嫌を直したカーが鼻を鳴らす。

「どっちにしても小園間さんの責任よ」

雅が「小園間」の名を強調した。

現場での言い間違いを防ぐため司令室でも役名で呼ぶ決まりだ。しかし、雅の言い草は配慮ではなく、責任の所在を明確にしようという魂胆が透けていた。

「とにかく、この後どうするの!　もうゲストには連続殺人って伝えてあるのよ!

〝犯人〟がいなくなって、どうやって続けるの!」

「それは――これから考えるしか」

「仕事を失いたい?」

「いえ……」

小園間は腹を押さえた。胃が激しく痛む。

この会社は仕事内容こそ酷いが、給料は高い。もう四十代も半ば。今以上に好条件の転職など期待できない。家のローンも残っている。念願だった高級車もローンで買ってしまった。出世は望んでいないが、失業だけは絶対ごめんだ。

「これも幸いですが、白井は犯行の間、フードで顔を隠していました。夕食後の動線も記録されないようにカメラを調整しています。今ならまだ〝犯人〟を入れ替えても気づかれないかと」

「後から殺害時の記録映像を見せろって言われるわよ。変に加工してバレたら信用問題になるし」

「加工の必要はありません。白井が刺されたことを認識している我々でさえ繰り返し見て、やっと気づいたんですから」

「……」

雅は小園間を睨みつけたまま黙考し、やがて椅子から立ち上がった。

「破綻させたら、あなたの責任だからね」

雅は開き過ぎた着物の胸元を直し、奥の扉から出て行った。

「先生、シナリオの修正をしましょう」

言うと、カーは「え、また？」と不満を口にした。

「何回、直させんだよぉ」

「すいません。こういう状況ですので」

小園間は平身低頭して憤怒の表情を見られないようにした。

プロなんだろ。だったら、ちょちょいと直してくれよ。ただでさえ高い金を払ってるんだ。

「追加報酬もらわないとねえ」

カーが下卑た笑みを浮かべる。

小園間は力み過ぎて、わずかに顔が震えた。

「……すいません。すぐ戻ります」

司令室を出て、地下通路を速足で進んだ。

執事室に入るなり、ベッドの枕に顔を押し付け——叫んだ。

「クズどもおおお！」

枕を壁に叩きつけ、棚の本を薙ぎ払う。机に置いてあったコーヒーカップを掴み、閉まりかけた隠し扉の隙間に投げ込んだ。粉々に割れる音が地下から聞こえた。

遅れて壁が閉まった。

天井を見上げて呼吸を整える。

落ち着いたのを確認してから身なりを直し、再び隠し扉を開けた。

3

また部屋の外で微かに音が聞こえた。

佐藤はベッドの上で目を開けた。

談話室から戻り、眠ろうとしたものの、なかなか興奮状態から冷めないでいた。

廊下を挟んでいるとはいえ、すぐそこに天河の死体がある。気持ち良いはずがなく、部屋を変えてほしいと小園間に頼もうかとも考えたが、遠慮した。余計なことをするなとの指示を優先した。つい先ほども廊下を歩く気配がしたが、部屋を出て確認する気にはなれなかった。

奇妙なバイトで派遣された奇妙な洋館。そこで奇妙な殺人事件が起きた。前段には徳永の失踪。全て偶然とは考えにくい。しかし、どこからどこまでが関係しているのか、知る術がない。モルモットになった気分だ。ケースに入れられ、人間たちに観察される研究用の鼠(ねずみ)——。

　また部屋の外で気配がした。

「……」

　気のせいか。どうも神経が過敏になっている。

　人が死んだ。

　天河の馴れ馴れ(なな)しい笑顔が浮かぶ。

　あの時、無視しなければ——。

　夕食が終わってから天河が殺されるまで二時間も経っていない。訪ねて来た天河を部屋に入れ、少し鬱陶しい自分語りを聞いてやっていれば、殺人は起きなかったのではないか。

「できなかったんだよ」

　天河の部屋に向かってつぶやく。

　徳永の手がかりを調べるだけでもリスクがある。余計なところで目をつけられるわけにはいかない。だから、周囲の人間と接触するなとの指示に従った。死体発見後も推理の輪に加わらなかった。しかし、本当にそれで良いのだろうか。仮に連続殺人が計画されているなら止めるべきではないのか。

　思考が隘路(あいろ)に迷い込み、体勢をうつ伏せに変える。

いずれにしても手がかりが少な過ぎる。

ここに来た目的は、あくまで徳永の捜索だ。天河には悪いが、犯人捜しをしてやる余裕はない。

窓の外が白み始めている。

佐藤はベッドから起き上がり、肘掛けソファに座った。

「乱歩は隠し」

意図せず、怪文の一行目が口から出た。

仮に手紙の内容が宝の場所を示すものであるなら、御影堂家やその仲間たちが好きにやってくれればいい。そんなものは無視して滞在期間をやり過ごす。ただ、それが殺人予告、しかも連続殺人を仄めかすものだとしたら全く無関係というわけにはいかない。避けるべきは、心の準備をしないまま殺人に巻き込まれることだ。

だから今は連続殺人の予告状という前提で怪文を読むべきだ。後で宝探しの暗号や単なる悪戯と判明したら笑えばいい。

乱歩は隠し

正史は塞ぐ

最後に彬光くびを捥ぐ

三行の怪文が連続殺人を暗示している場合、ストレートに考えれば、一行目は第一の殺人を示している。三行あるということは、被害者は三人。

しかし、第一の殺人が起きても一行目の意味は摑めないままだ。

「乱歩が何を隠すんだ？」

口にしてから自嘲する。

まさか実人生で明智や金田一のように推理することになるとは。

本の中でなら数えきれないほど推理をしてきた。

きっかけは祖父の書棚にあった数冊の推理小説だった。小学校に入る頃、母が事故で亡くなった。次第に父からお荷物扱いされるようになり、程なく母方の祖父母に預けられた。数年後に再会した父は棺の中で眠っていた。死因は聞かされていない。子供には伏せた方がいいと判断したのだろう。

祖父母はきちんと食べさせてくれ、学校にも通わせてくれたが、愛情からというより義務感に近かったと思う。

誰かに甘えたい。でも、許されない。鬱屈した小学生が縋（すが）ったのは、唯一の娯楽だった推理小説。祖父母の家にはテレビもゲームも無かったが、ある日、祖父が書棚から江戸川乱歩の『黄金仮面』を取り出し、渡してくれた。

夢中で読んだ。

書棚を漁り尽くすと学校や市の図書館でミステリーを片っ端から借りた。

明智小五郎、アルセーヌ・ルパン、ヘンリー・メリヴェール卿——ミステリー界のスター達との出会い。

彼らと共に推理している間だけは居場所の不安から解放された。

高校を出てすぐに働き始めると、役目を終えたように相次いで祖父母が亡くなった。

天涯孤独。仕事もバイトや非正規雇用しか経験していない。社会と自分を繋ぐものが無い空虚感。それを埋めてくれるのは、やはり推理小説だった。

奇岩館で乱歩の怪文——。

佐藤は運命的なものを感じた。

「乱歩は隠し」

再びつぶやく。

天河殺しに乱歩がどう関係している？

榊は一蹴していたが、密室から犯人の姿が消えている以上、「隠し」たのは、やはり犯人の身体ということではないのか。

「そんなこと予告してどうすんだよ」

自分でも突っ込みどころ満載だと思う。

しかし、天河の人となりや殺害方法を示す記述はどうしても読み取れない。

目を瞑る。瞼が重い。

「体内時計がぐちゃぐちゃだ」

睡魔は、寝るのを諦めたところでやって来る。

4

「嫌です！　絶対嫌です！」

「頼むよ！　他に方法が無いんだ！」

「嫌です！」

「頼む！」

小園間は、泣きそうになった香坂に手を合わせながら、頭を下げた。

「伊藤さん……じゃなくて、香坂さんにしかできないんだよ」

うっかり本名で呼んでしまうほど焦っていた。

ここで香坂に断られたら、一巻の終わりだ。

「無理ですよ！　私、できません！」

「大丈夫、私も手伝うから」

相変わらず、他人事のように見ているカーが視界に入り、殺意を覚える。

結局、シナリオの修正は朝までかかった。

白井ではなく、別の人間を〝犯人〟とするプランは難航を極めた。見立て殺人という縛りがあることから各トリックを今から変更することは不可能だ。専用の小道具を立案し、制作するには最短でも数週間かかる。従って、トリックはそのままで〝犯人〟だけ変える。

カーが文句を垂れながら新たな筋書きを提案する度、穴が無いか隅々までチェックした。どの筋書きも破綻していた。確認作業だけでも神経がすり減るのに、カーはすぐにヘソを曲げる。何度もおだて、アイデアを出し、またチェック。一睡もせず、心身共に限界を迎えた末、やっと形になったのが香坂を〝犯人〟にするプランだった。

「小園間さんがやればいいじゃないですか」

五十代の女性が子供のように駄々をこねる。

泣きたいのは、こっちだ。

「私は天河発見時に皆と一緒にいたから〝犯人〟にはなれないんだよ」

「真鍋くんは？」

「あいつは他にやる事があるし、シェフが二階をうろついていたら不自然だろ」

「〝ヒント役〟のあの人は？」

「全て検討したんだ。破綻しないのは香坂さんだけなの。頼む！　ボーナスも出るから。ね？」

「ボーナス……ですか」

香坂の目つきが変わった。

この人だって事情があって、この仕事をしている。

「ボーナスの件、ＯＫですよね」

黙って聞いていた雅に水を向けた。

「え……まあ」

曖昧な返事だったので、繰り返し確認する。

「ＯＫ、ですよね？」

「そうだっての！　白井に払う予定だった報酬を——」

「さらに色もつけるんですよね」

「——そうよ！　ったく、経費削減中だってのに」

雅は怒鳴り返すと、腕組みをして、ぷいと顔をそむけた。

なぜ切れているんだ。本来なら、お前が香坂を説得すべきだろう。

小園間は香坂に向き直った。

「かなりの額だよ。どお？」

手を取って語り掛ける。実際は札束で頬を叩いているのだが。

「……」

しばし目を瞑った香坂は、黙って頷いた。

5

時差ボケはあらゆる不安を凌駕するらしく、佐藤は朝食の時間まで眠りこけた。ソファに座ったまま寝ていたので、身体が軋む。

食堂には、香ばしい匂いが漂っていた。シェフの真鍋が簡易調理台を持ち込み、希望者一人一人にベーコンを焼いている。

「食糧は沢山ありますから、その点は心配しないでください」

真鍋は快活に語った。

佐藤が席につくと、香坂がサラダやスープ、パン等を持ってきてくれた。夕食に比べれば質素だが、朝食にしては豪勢だ。

食卓には雫久、榊、山根、日々子の四人しかいなかった。皆、天河の死を気にしているのか、無言で食べている。陰気な山根に至っては、料理に口もつけずにいる。今朝も船長は姿を見せず、白井とかいう医師は昨日の夕食後、一度も顔を見ていない。

天河の口数が多かっただけに、場の静けさが彼の不在を一層浮き彫りにしていた。

「あのー、不謹慎かもしれませんけどー」

日々子が口を開いた。

「黙っているのも変なのでー、事件のこと話しませんかー」

「そうですね。気になることもあるし」

榊が応じる。

佐藤は口を出さないことで賛同を示した。

雫久と目が合うと笑顔を返され、照れながら会釈する。

「この中でー、天河さんとお知り合いだった方はいますかー」

挙手する者はいない。

「治定さんの知人でしたよね」

榊が言うと、日々子が頷いた。

「二人とも手品に凝っていてー、社会人のマジック同好会？　そこで一緒だと言っていましたー」

「小園間さんは天河さんについてどの程度知っていますか」

入口付近で待機している小園間に榊が声を掛けた。

「そうですね。旦那様とお知り合いになられたのは、ここ四、五年でしょうか。幾度かこの館にもいらっしゃっています。そうだ、香坂さん」

給仕していた香坂を小園間が呼び止めた。

「天河様は香坂さんの娘さんとも親しくされていましたよね」

「紀里子と？」

雫久が驚く。

「雫久さんも知っている人なんですかー」

「香坂さんとは家族ぐるみのお付き合いですから。紀里子は同い年で大学も一緒でしたし、ミス研にも在籍していたんです」

「じゃあ、お二人ともお知り合い？」

日々子が榊と山根を見ると、榊は少し考えてから頷いた。山根は俯いたままだ。

「私たちは読み専ですけど、紀里子は自分でもミステリーを書いていたんですよ。ねえ、香坂さん」

雫久が香坂に顔を向けた。

「そのようですねえ。私には読ませてくれませんでしたが」

「本当に紀里子が天河さんと？」

「はい。いつからなのか、私も承知していないのですが、あの子をここへ手伝いに来させた時にお声を掛けられたそうで。東京に戻っても会っていたようですねえ」

「うそ！　全然知らなかった」

雫久は目を大きくした。

なんだろう、この感じ。

佐藤はさりげなく食卓を見回した。

今のやり取り。どこか作為的な匂いがする。

使用人香坂の娘、紀里子――。

その登場に唐突な印象を受けた。

「あのー、ちょっといいですかー」

日々子が手を挙げた。

「雫久さーん。紀里子さんのことー、ミス研で『一緒だった』とかミステリーを『書いていた』とか過去形で言いましたけどー、現在は？」

「それは……」

雫久が言い淀んだ。

香坂も目を伏せる。

その肩に小園間が手を置いた。

「仕事の途中で悪かったね。もういいよ」

「はい」

香坂は俯いて食堂を出て行った。

「香坂さんの娘さんは亡くなっています」

振り返りざまに小園間が言った。

「理由を伺ってもー？」

さすがの日々子も真剣な表情になる。

雫久は小園間と見つめ合ってから答えた。

「自殺です」


食べ終わった者から順に部屋へと戻って行った。

遅れてきた佐藤は最後まで残り、気づけば雫久と二人になっていた。

「ご馳走様でした」

小さく言って、食堂を出ようとすると、背後から雫久に呼び止められた。

「佐藤さん。ちょっといいですか」

「あ、はい」

佐藤は挙動不審に見えないよう努めて自然に頷いた。

「天河さんのこと、佐藤さんはどうお考えですか」

「え？」

なぜ、そんなことを訊きたがる？

「佐藤さん、大勢の前ではあまり喋らないから。でも、私にはわかります。佐藤さん、観察力に優れていますよね。きっと他の人とは違う推理をしているんじゃないですか」

「いや……僕なんて……」

「隠してもダメです。私、これでもミステリー研究会なんですよ」

雫久の笑顔に吸い込まれそうになる。

こんな機会でも無ければ、雫久のようなお嬢様と言葉を交わすことなどあり得なかった。

佐藤は辺りを気にした。

食堂には二人しかいない。

「じゃあ、ちょっとだけ……バカみたいな推理なんですが、あの手紙は連続殺人を暗示していると思います」

言ってしまった。

すぐさま後悔の念に襲われる。

何を舞い上がってるんだ、この間抜け。

雫久から蔑みの眼差し（まなざ）しを向けられると観念したが、反応は真逆だった。

「連続殺人――ですか。それは考えもしませんでした。理由は？」

「本当に単純なんです。手がかりが少ないですし、おそらく心配のし過ぎだとは思うんですが」

先に言い訳を並べ立ててしまう。雫久にがっかりされるのが怖かった。

恐る恐る続きを話そうとした時、意識が耳に集中した。

「……今、音がしませんでしたか」

「そうですか？」

雫久は気づいていないようだ。

それでも確かに聞こえた。

何かが落下した音。おそらく館の外からだ。

「佐藤さん」

雫久が興味津々で話の続きを待っている。

至福の時間を放棄できない。

それに今は耳が過敏になっている。気のせいだったとしたら馬鹿な話だ。

佐藤は雫久に推理を全て話すことにした。

6

山根の死体は頭から地面に落ちた。

首が折れた死体を小園間は茂みの中から眺めていた。

午前中でも外は蒸し暑い。

死体の真上、二階の窓から香坂が顔を出し、鈍器を死体の上に落とした。こちらを見て頷く。首尾は上々のようだ。

小園間は釣り用の胴付き長靴を着こみ、茂みに潜んで香坂を待った。

館の西と南には森が広がっている。山根と榊は二階西側の親族部屋、一階西側の客室には天河と佐藤が割り当てられている。

数分後、玄関から香坂が出てきて、死体を担ぎ上げた。山根は低身長だが、贅肉が多い。年配女性が運ぶには重労働だ。ひいひい言いながら小園間のもとまで運んできた。

「ご苦労様」

香坂と死体が茂みに隠れたのを確認して小園間は手を貸した。森の中の監視カメラはオフにしてある。小園間が手伝っている様子は記録されない。

置いてあった胴付き長靴を香坂も装着する。白井のサイズに合わせていたから、だいぶブカブカだ。

漁師のような恰好(かっこう)となった二人が死体を両側から担ぐ。

「こいつ、重いな」

文句を言いながら二人と一体で森の奥へと進んだ。

長径十メートルほどの沼に到着し、一旦、死体を下ろす。

「これじゃ池ですね」

凶器の金槌を沼に投げ捨て、香坂がケチをつけた。

「沼だよ、沼。さすがに湖は作れないけど、せめて沼ってことにしないと。まあ、人工物だから厳密にはどっちみち池なんだけどさ」

「沼」の完成度には小園間も納得していない。

もう少し大きく作りたかったが、大人の事情で断念したのだ。

「さあさあ、早く終わらせないと破綻するぞ」

香坂に発破をかけ、二人で山根を逆さに持ち上げた。

そのまま沼に入り、所定の位置で山根を頭から下に突き刺す。

あらかじめ沼底に深い穴を掘り、水を入れても土で埋もれないようプラスチック製の筒で保護してあった。筒を割ると、周囲の土が穴に流れ込み、山根の上半身を埋めていく。

「こんな――疲れること――誰が考えたんですか――あの小説家ですか」

山根の足首を摑んでいる香坂が悪態をついた。

「これに関しては――先生は――悪くないよ――〝探偵〟のリクエストに沿った――んだから」

「だからって――他にも――」

「まあ――今さら――文句言っても――」

「あ、無理です。もう力が入りません」

香坂が突然音を上げた。

「え？　もうちょっとだから！　頑張って！」

「ああ、限界です！　離しちゃいます」

「ダメだっての！　頑張って！　ボーナス減るよ！」

香坂の尻を叩き続け、やっと死体の上半身を沼底に固定できた。しかし、このままでは手を離すと下半身が折れ、くの字になってしまう。

「香坂さん、まだ頑張れる？」

「無理ですって」

「じゃあ、私が押さえてるから芯棒を持ってきて」

「どこですか？」

「打合せしたでしょ！　あそこ！」

小園間は山根の両足首を摑んだまま、沼の脇に立つ木を顎でしゃくった。

香坂が沼に足を取られながらゆっくり岸に向かう。

「急いで！　私だってきついんだから！」

「はいはい」

香坂は全くスピードを上げず、ゆっくり岸に上がると、木の根元に置かれた二本の棒を拾った。木の枝から枝葉を切り落として棒状にしたものだ。

「ちょっと！　それ杖にしないでよ！　折れたらどうすんの！」

「だって、足が」

香坂は棒二本をストックのようにして、沼を戻って来る。

「あ……」

「どうしたの？」

「いえ……」

「今、あっ、て言ったでしょ」

「言ってません」

やっと辿り着いた香坂から芯棒を受けとる。

「あ！　折れてるじゃない！」

片方の棒が真ん中あたりから割け、折れそうになっている。

「最初からそうなっていました」

「嘘だよ！　きちんと確認してんだから！　もういい。なんとか耐えてくれるだろう」

小園間は山根のズボンの裾から芯棒を入れ、背中に通した。さらに芯棒を深く突っ込み、沼底に埋める。逆立ちするように山根の両脚が水面から飛び出した状態で固定された。

「よし」

内心でガッツポーズを決め、死体から離れる。

もう汗だくだ。暑い。冷たいシャワーを浴びたい。

と、視界が揺れ、泥に足をさらわれた。

しまった――。

中年の身体は反射神経に追いつかない。顔面から沼に倒れた。

口の中が泥の味で満たされる。

もがきながら立ち上がると、香坂と目が合った。

笑いを堪(こら)えている。

ババア……。

アホ上司の下で共に苦労する戦友。

そう思った自分が馬鹿だった。

「ほら、急いで配置について！」

やりきれなさが語気を荒くする。

香坂は慄（おのの）いて、死体の前に立った。

肩で息をしながら沼を出た小園間は無線のスイッチを入れた。

「聞こえますか」

〈ええ。聞こ――るわ〉

雅の応答が途切れ途切れだ。

イヤホンが壊れたようだ。が、マイクは生きている。

「準備できました。三十秒後にお願いします」

〈――解〉

「香坂さん！　三十秒後ね！」

「はいはい」

「『はい』は一回！」

小園間はカメラの死角まで移動し、茂みに隠れた。手元の時計は十時半を過ぎている。想定より手間取ってしまった。

香坂は二十数えたあたりからYの字型に空へ伸びた脚を掴み、山根を沼底へ捻じ込むような動作を始めた。一分ほど格闘する素振りを続けた後、沼から出て胴付き長靴を脱ぎ、小さく畳んで、茂みの奥に隠した。

横溝正史『犬神家の一族』。そのあまりにも有名なワンシーンの再現。

段取りを終えた香坂は玄関から館内に戻って行った。

小園間は玄関を使わず、岩山の隠し戸から戻った。顔を覆った泥がすでに乾いてきている。このまま人前には出られない。非常に嫌だったが、司令室に出向いた。

モニター前に座っている技術スタッフの磐崎が全身泥だらけの姿を見て、目を丸くした。小園間はあえて何も言わなかった。

「……お疲れ様です」

磐崎は気遣うように会釈したが、カーは露骨に嘲笑っていた。

小園間は一言も喋らず、司令室に隣接するスタッフ詰所に入った。

館裏の岩山には探偵遊戯の運営に必要な施設と設備が全て揃っている。館内の監視。物資の保管。スタッフの詰所。全ての施設を合わせれば、平米数だけでも館の数倍に上る。

とはいえ、小園間にとっては館内が主戦場であり、舞台裏の施設は司令室やスタッフ詰所ぐらいしか使っていない。

「くそっ」

詰所のシャワーを浴びながら小園間は吠えた。

泥は流れ落ちたが、苛立ちは胸に沈殿したままだ。

もともとミステリーが好きだったわけではない。仕事に必要だから無理して頑張って機械的にインプットした。その甲斐あってクライアントやライターと対等にミステリー談義ができるレベルにはなった。しかし、ついぞ推理小説が趣味になることはなかった。探偵遊戯のフィナーレを迎える度、達成感は得られる。金ももらえる。それで充分。本心からそう思える。ストレスを解消できる人間を見ると羨ましく感じる。自分にはできない。ただ、仕事の中でストレスを発散するために金を使い、金を手に入れるためにストレスを溜める。電機メーカーで営業をしていた前職から根本は変わっていない。

また胃が痛み出した。

歯を食いしばって、腹部を押さえる。

体調不良が仕事に支障をきたすなんて年を取ったものだ。立ち眩みや眩暈は珍しくないが、よりによって沼で転倒するとは――。

そういえば、去年の定期健診で再検査の通知を受けていた。忙しくて放ったらかしにしているが、これが終わったら休暇を取ろう。身体のメンテナンス。心の補充。旅行するのもいい。

沖縄やハワイの空を想像し、なんとか気分を和らげた。

7

正午になり、佐藤は食堂へ向かった。

今度は一番乗りだった。

席についていると、雫久と日々子がやって来た。

「皆様お揃いではないようですが、いいですよね」

雫久の提案で、三人だけに料理が運ばれてきた。

小園間、真鍋、香坂が給仕をしている。

心なしか小園間の顔色が悪いように見えた。

「ミス研男子が遅れるなんて珍しいですねー」

言いながら日々子がサラダにドレッシングをかける。

船長と臼井はともかく、榊と山根が食事に姿を現さないのは初めてだ。

「いないか」

声がしたので振り返ると、食堂の入口に怪訝そうな顔の榊が立っていた。

「あれ、山根君は？」

雫久に訊かれ、榊は顔を曇らせた。

「部屋にいなかったんだ。談話室と応接間も覗いてみたけど見つからなかった」

「どこ行ってるんでしょう」

日々子が眉をひそめた。

佐藤も嫌な予感がした。

「探した方がよろしいのでは？」

小園間に促され、雫久が席を立った。

「そうね。館内を見て回りましょう」

「でも、かなり広いですよねー」

「そうだ！　皆様こちらへ」

小園間は一同を食堂の外へ連れ出した。

一旦ホールに出てから応接間に入り、部屋の隅に一同を案内する。

「こちらをご覧ください」

そこに置かれていたのは、奇岩館のミニチュアだった。

背後の岩山、側面の断崖まで再現されている。さらに一階と二階の間取りを示す平面図もあった。

2F

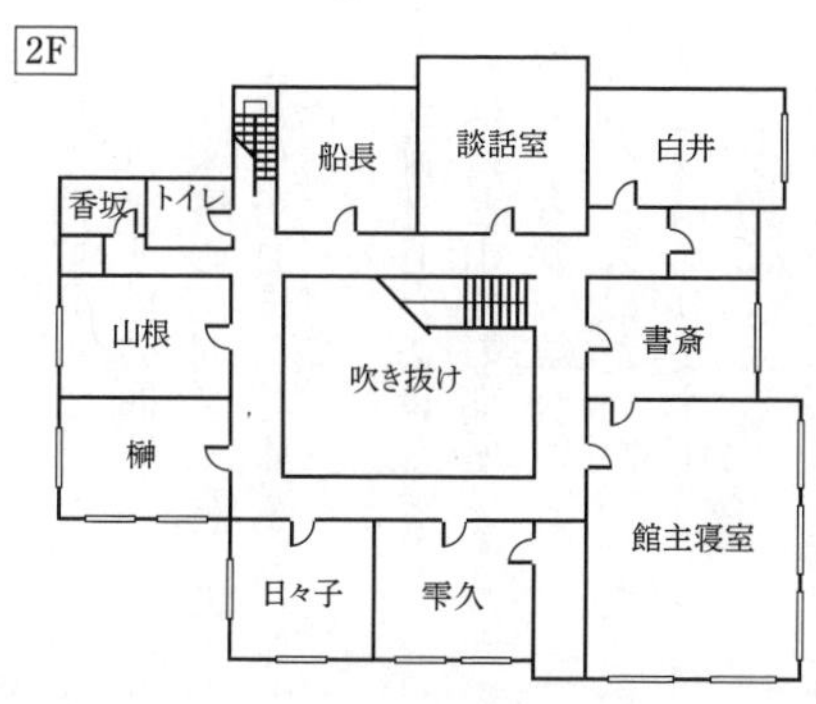

1F

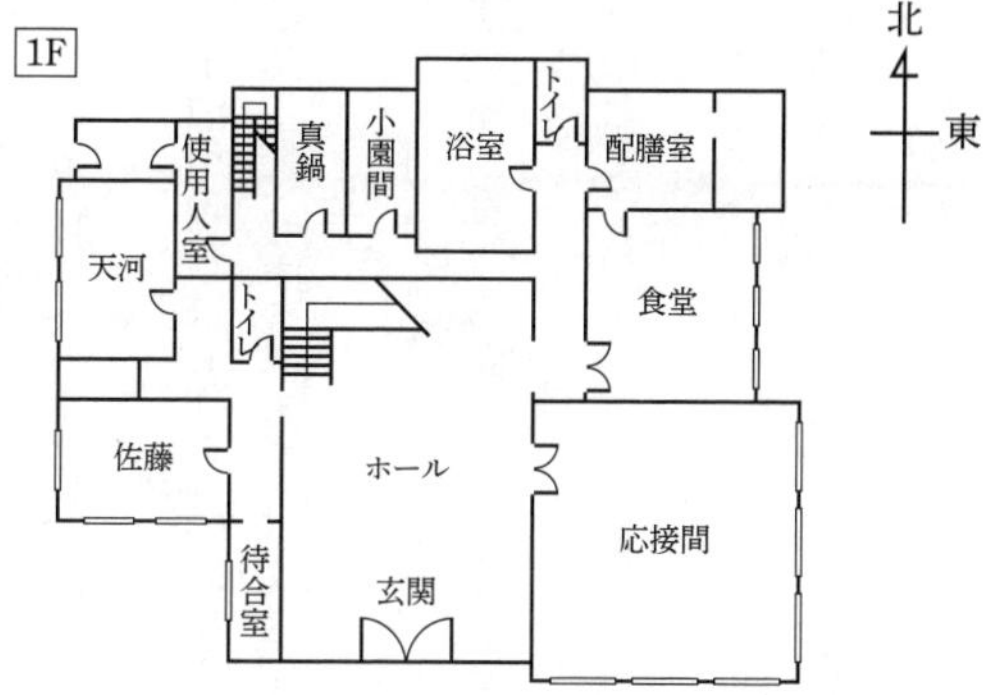

地下

厨房　ボイラー室
使用人浴室・トイレ
洗濯室

3F

倉庫
衣装部屋

「こちらで説明した方がイメージしやすいかと」

「かわいいー。どうして、こんな物を作ったんですかー」

「旦那様が間取りにこだわっていまして。お客様にお見せしたいと……」

小園間はまず館の間取りを説明した。

一階は来客の応対を主な目的とし、宿泊用の客室も作られている。館主の客である天河と佐藤が泊まった部屋だ。他の者は二階にある使われなくなった親族の部屋を割り当てられていた。

「先輩が確認したのは？」

「二階は俺と山根の部屋。それから談話室。廊下も全てチェックした。一階はホールと応接間、食堂、待合室も」

「共用スペースはだいたい見たということですねー。他に山根さんが行きそうな場所に心当たりはありますー？」

日々子が榊に尋ねる。

「いや。僕も山根もここに来たのは初めてですから。むしろ雫久や小園間さんに心当たりは？」

「地下の厨房(ちゅうぼう)にはいないよね」

小園間に確認され、真鍋が頷く。

「ええ。厨房もワインセラーもそれほど広いわけではないので、どなたか入って来られたら気づいたはずです」

「配膳室にもいらっしゃいませんでしたしねえ。浴室も今は鍵が掛かっております」

香坂が控えめに補足した。

「三階はどうなっているんですかー」

「倉庫と衣裳部屋ですが、どれも鍵が掛かっています」

日々子の問いに小園間が答えた。

佐藤は皆の後方からミニチュアを眺めていた。

個室を含めれば、隠れられるスペースはいくらでもある。しかし、そもそも山根が館内をうろつくとは考えにくい。

ということは——。

「外だ」

佐藤と同じ推理を榊もしていた。

「いや、玄関には鍵が……」

「とにかく探してみましょう」

戸惑う小園間に雫久が命じ、一同は玄関の鍵を開けて外に出た。

「皆で手分けして」

雫久の指示で一同が散る。
佐藤は天河と自分の部屋に面した庭へ回った。
「山根さーん」
こんな状況だ。呼びかけるぐらいは問題ないだろう。
館を見上げる。
二階、三階の窓に人影は見えない。
辺りも探す。いない。
森まで行ってみようか。
踵を返す。
その時、真鍋の叫び声が響いた。
「お嬢様！　皆様！」
佐藤は急いで引き返した。
塀の前で真鍋が膝に手をつき、肩で息をしていた。
散っていた面々が集まってくる。
「あっち……沼に……」
真鍋が指さした方へ小園間が小走りで向かい、残りの人間も後を追った。
森の中には小さな沼があった。

そのほとりで小園間が立ち尽くしている。

佐藤は最後尾で到着した。

「山根……」

榊が珍しく動揺している。

沼の中央。逆さになった人間の片脚が飛び出ていた。

8

しまった——。

小園間は額を押さえた。

逆さになった山根の死体。両脚がYの字状に沼から突き出ているはずだった。いや、実際にそう細工した。

なのに、目の前の死体は片脚が前方に倒れている。まるでシンクロナイズドスイミングでもしているかのようだ。今はアーティスティックスイミングというんだったか……とにかく間抜けな格好だ。

原因はすぐ思い当たった。脚を支えていた棒の片方が折れたのだ。

隣に立つ香坂を見る。

戦犯は気まずそうに目を逸らした。

「だから言ったじゃないか」

口を動かさず、小声で罵る。

香坂は白々しく聞こえない振りをしている。

おのれ……。

これでは、『犬神家の一族』に見えない。

「なんてことを……まるで『犬神家の一族』のようだ」

仕方なく自分で言った。

説明台詞丸出しだ。

「そうかな」

背後でボソッと声がした。

振り返ると、佐藤が冷めた目で死体を見ていた。

このガキ！

「そう……見えませんか」

小園間は極力穏やかに佐藤を詰めた。

「あ、いえ……片脚なので……」

佐藤は無意識に口走ったようで、困ったように俯いた。

後悔するくらいなら永久に口を閉じてろ、馬鹿野郎！

「正史は塞ぐー」

日々子の呑気な声が小園間を落ち着かせた。

「もしかしてー、手紙の二行目は、このことを暗示していたのでは？」

「だとしたら、やっぱり！」

小園間は全力で乗っかった。あまり必死に主張しても不自然になってしまう。ここでまとめてしまわないと。

「あり得ますね」

榊が山根の脚を見て言う。

「確かに恰好は少し異なっていますが、手紙の内容も考慮すれば、これは『犬神家の一族』、スケキヨ殺しを再現したもの」

「そ、そうですね！　おそらく、きっと、そうですね！」

畳みかける。

よし、これで決まった。

小園間は笑みがこぼれそうになるのを堪えた。

「さ、引き上げましょう！」

こんな無様、一秒も放置できない。

小園間は服が汚れるのも気にせず沼に入った。急いで山根の死体を運び出す。泣き崩れる雫久と歯を食いしばる榊を慰め、香坂に筵（むしろ）を持ってこさせた。

「明日になれば警察を呼べます。それまで我々にできることはありません」

そう言って山根の死体に筵をかぶせた。

一同を館内に誘導すると、皆、複雑な表情で沼を後にした。

ただ一人、佐藤だけが疑わし気に沼を振り返っている。実に腹立たしい。

だが、無事に押し通せた。

小園間は館内に戻った一同をさりげなく応接間に案内し、執事室に走った。

泥だらけになった衣服と下着を脱ぐ。本日二回目の着替えだ。もう予備の執事服は残っていない。

応接間に戻ると、重い空気が漂っていた。

「どうして山根君が……」

ソファに座っていた雫久が肩を落とす。

「私が呼んだから……私のせいで山根君は……」

「違う」

榊が否定した。動揺の色はもう消えている。

「俺も山根も自分の意思でここに来た。それに殺されたのは山根だけじゃない。天河さん殺しも雫久に届いた手紙もおそらく同じ犯人の仕業だ。そいつには必ず報いを受けさせる」

「今回の殺人は猟奇的でしたねー。私の領分に入りましたー」

日々子が場の空気を読まず、微笑する。

「見たところー、死因は頭部または頸椎の損傷によるものでしょうねー」

小園間が見ていた様子では、二階から地面に落ちた時点で山根は死んでいた。香坂が背後から撲殺したはずだ。しかし、もしかすると息があったかもしれない。首の骨折がとどめとなった可能性もある。どちらにせよ警察の目に触れることはなく、死因が明らかになることもない。殺されたという事実に意味があるのだ。

「なぜ、殺すだけじゃなく、あんな酷いことを？」

雫久が真っ赤な目で訊くと、榊が眼鏡を直しながら言った。

「これは一種の見立て殺人と言える。犯人は『犬神家の一族』になぞらえた。理由はわからないが、あれだけの手間をかけているんだ。犯人にとってはよほど意味があるんだろう。蒲生さん、猟奇犯罪学というのは、見立て殺人の研究もしているのですか」

「うーん。儀式や被害者を凌辱する目的で死体に細工するケースはありますけどー。今回は、どちらかというとミステリーの世界を基準に考えた方がいいんじゃないですかー」

「というと？」

「きっと犯人はミステリーマニアですから――」

「そうですね……同意します」

榊が頷いた。

「じゃ、榊さん。ミステリーの世界で見立て殺人が行われる理由は？」

「……その点は多くの作家が腐心してきました。それこそ儀式的な動機もあれば、何かに見立てることで探偵を錯覚させ、自身を容疑者から外させるという実利的な動機もあります」

小園間は一歩引いて榊の講義を聞いていた。

榊の言うとおり、見立て殺人の動機は古今東西、様々なバリエーションが作られてきた。人を殺すだけでも捕まるリスクがあるのに、わざわざ手の込んだ細工をするのには相応の動機が存在する。今回のシナリオでも香坂が見立て殺人を行う理由は用意してある。

まあ、本当の理由はリクエストがあったからなのだが……。

小園間が内心で苦笑していると、部屋に香坂が入って来た。

無言で小園間に近づき、耳打ちをする。

「わかりました」

小園間が頷くと、香坂はまた黙って部屋を出て行った。

段取りとはいえ、気が重くなる。

応接間の話題は、ホワイダニットからフーダニットに移っていた。

「山根とは朝食後、部屋に戻ってから会っていませんでした」

「つまりー、朝食と昼食の間に殺されてー、沼へ運ばれたということですねー。犯行のチャンスはその三時間かー。うーん。犯行は誰でも可能なのかなー」

会話を聞きながら小園間は発言のタイミングを窺(うかが)っていた。

話す内容を考えると、唇が渇く。

「あのう、それがですね……」

思い切って割り込んだ。

「山根様は亡くなったばかりのようです。早くても一時間半ほど前だそうで」

小園間に一同が振り返る。

「正午頃ということですか」

榊は時計を見た。

「今は十三時半。沼に駆けつけたのが三十分ほど前。つまり、死体発見の一時間前に殺されたと?」

「そのようです」

「なぜ断言できるんですか」

「……話すと長くなるのですが、問題は時間です。昼食は正午からでした。食堂には使用人三名とお嬢様、蒲生様、佐藤様がいらっしゃいました」

小園間は、誰が死亡推定時刻を割り出したかを曖昧にして伝えた。

「私達にはアリバイがあるってわけですねー」

言って、日々子はうんうんと頷いた。

「遅れて食堂に来た僕のアリバイは無いかな」

榊が自嘲気味に言った。

「でも、死亡推定時刻はあくまで正午頃です。昼食前に山根を殺し、沼に沈めてから食堂に駆けつけたとすれば、誰にでも犯行が可能では？」

そんな短時間で済ませられるなら苦労しないっての。こっちは衣装を二着もダメにしたんだぞ。

小園間は裏の意味で苦い顔をした。

が、その点を突っ込む必要はない。より強力な材料があるのだ。

小園間は苦い顔のまま言った。

「榊様、それが不可能なのでございます」

「不可能？　なぜでしょう」

「正午どころか、それ以前から誰も外に出ていないのです」

「小園間さん、それは変ですよ。実際、山根君は外で……」

雫久がうまく話に乗ってきた。

「誰も外に出ていないと言い切れる根拠は？」

榊の目が眼鏡の奥から覗いた。

小園間は胸を張った。

その質問には堂々と答えられる。

「玄関は常に施錠してあり、鍵は私が持っています。朝食の直後に香坂が庭仕事をして以降、皆さんと探しに出るまで玄関は施錠しっ放しでした。ですから昼食の直前に出入りする術は無いのです」

「裏口はどうです？」

「使用人が使う裏口はあるのですが、先日、鍵が壊れてしまって使えない状態です」

これは本当だ。使用人室に続く裏口は開かないようにしてある。死体の細工を終えた後、小園間が使ったのは、直接地下に繋がる秘密の入口だ。当然存在しないことになっている。

「窓からは出られないんですかー」

「館の北側は岩山に接しているので窓がありません。東側は断崖ですので窓から出るのは不可能です」

「出られるとすれば、西側と南側の窓ですね」

榊が館のミニチュアを見る。

「はい。ですが、昼食の準備で我々はずっと食堂を出入りしていました。どなたかが山根様を担いで階段を下りてくれれば気づいたはずです」

「初めから一階にいた人なら？」

榊が横目で佐藤を見た。

佐藤の肩がギクリと上がる。

「佐藤様は初めに食堂へいらっしゃっています。外へ出ていないのは我々が証明できますし、反対に我々使用人がずっと食堂の周りにいたことを佐藤様が証明してくださるかと」

小園間が助け舟を出すと、佐藤は首を幾度も縦に振った。

使用人が食堂にいた証明は雫久や日々子の証言でも事足りるが最初に来た佐藤を使う方が自然だろう。

「一階からは出ていない。三階へは鍵が掛かっていて上がれない。そうなると、残されるのは二階の窓ですが……部屋が西や南に面しているのは、僕と山根、雫久、蒲生さん」

「え、私も容疑者ですかー」

日々子が苦笑した。

「いいえ。館を出るルートの話をしています。ただし、窓から飛び降りることはできても戻るのは難しい」

「ロープを使えば？」

雫久が榊の顔を窺う。

「女性には厳しいが、男なら可能かもしれない。でも、山根の部屋の窓にロープを使った痕跡は見当たらなかった。俺の部屋も確認してもらっていい」

「跡が残らないものはどうですかー。梯子とかー」

「ありませんでした」

佐藤が小さく言った。

「外に出た時、館の西側を探しましたが、梯子になりそうなものは見ていません。投げ縄の類も落ちていませんでした」

「そうですか」

雫久がほっとしたように息をつく。

小園間は鷹揚に構えた。

この程度の発言なら大目に見てやろう。むしろ怪奇性が増して好都合だ。

榊が眼鏡のブリッジを押さえた。

「つまり、山根が殺され、沼に沈められた頃、館の外に出た人間はいない。それどころか山根すら外に出る方法は無かった。いわば、逆密室――」

「逆密室？」

雫久が繰り返した。

「『犬神家』の見立てだけでなく、逆密室ですかー。犯人もやりますねー」

日々子が楽しそうに口元を緩めた。

小園間も内心でほくそ笑んだ。

そうだ。ただの見立てでは終わらない。プラスアルファのトリック。そこまでやってこそクライアントを満足させられる。練りに練ったシナリオを急なハプニングごときで捨ててたまるものか。

「ところで、そもそも山根の死亡推定時刻をどうやって割り出したんですか」

榊が小園間の方へ首を回した。

来たか。

小園間は観念した。

どのみち避けては通れない。

「香坂が死体を検案しました」

「香坂さんが？」

榊が怪訝そうな顔をする。

小園間は生唾を飲み込んだ。

こんな馬鹿な台詞、絶対口にしたくない。だが、言うしかないのだ。

ええい、ままよ。とばかりに一息で言った。

「香坂は元法医学者なんです」

一瞬の間が永遠に感じられた。

わかっている。さすがに無理がある。しかし、他に手が無かった。

本来なら「医師の白井」が山根を殺し、自ら嘘の死亡推定時刻を告げるはずだった。ところが、白井は死んでしまい、香坂しか〝犯人〟を代われる人間がいなかった。別のトリックを一から作り直し、他の行程との齟齬が生じないよう調整している時間はない。だから「逆密室」のトリックはそのまま生かすことになった。そうなると香坂に死亡推定時刻を告げさせるしかなくなる。結果、「香坂は元法医学者」という設定を追加したのだ。

香坂は応接間から遠ざけてある。引きつった顔を晒すわけにいかない。

ふと視線を感じ、部屋の隅を見ると、眉間に皺を寄せた佐藤の瞳がこちらを向いていた。

やめろ、そんな顔をするな。

小園間は顔が火照るのを感じた。

9

榊と日々子が改めて館内や森を調べたいと言い出した。

佐藤は調査に付き合わず、一人で部屋に戻った。謎解きよりもリスク回避を優先したかった。

ベッドに身を投げ出し、天井を眺める。

やはり起きた連続殺人。とんでもない場所へ来てしまった。

だが、どうもおかしい。沼で発見された山根の姿はあまりにも芝居じみていた。

——正史は塞ぐ。

横溝正史の作品になぞらえたシチュエーション。外へ出るルートが全て塞がれた逆密室。怪文の二行目は、明らかに山根殺しを暗示していた。

「ダメだ、ダメだ」

思考を断ち切るように上体を起こす。

ここへは連続殺人の謎を解きに来たのではない。徳永を捜しに来たのだ。しかし、刺激的な事件に遭遇し、ついつい関心がそちらへ向いてしまう。

待てよ。

むしろ、これはチャンスなのではないか。榊らの捜査に同行する振りをすれば、館のあちこちを堂々と調べ回ることができる。徳永失踪の手がかりがぐんと探しやすくなるのでは――。

悪だくみを咎めるようにドアがノックされた。

佐藤は飛び上がりそうになった。冷静を装うため返事を一拍置く。

「雫久です」

歓喜と警戒。相反する感情が同時に湧いた。

ここに来て以来、雫久と会話している間だけ唯一心が華やぐ。しかし、彼女が殺人犯でないという確証は持っていない。

「あの……佐藤さんの推理をお聞かせいただきたくて」

照れたような雫久の声に警戒心を奪われる。

ゆっくりドアを開けると、想像していたとおりの雫久の顔があった。

「すいません、お休みのところ」

ぺこりと頭を下げる雫久を部屋の中へ入れる。ふと天河の姿が脳裏をよぎった。昨夜、こうして迎え入れていれば、彼は今も生きていたかもしれない。

「雫久さんお一人ですか」

廊下には誰もいなかった。

「ええ。榊先輩と日々子さんは沼に行きました」

間が空いた。

雫久と部屋に二人きり。意識するなと言われても無理だ。

「山根さん……残念でしたね」

「はい……謝っても謝り切れません」

「榊さんも言ってましたけど、雫久さんのせいじゃないですよ。悪いのは犯人です」

我ながら安っぽい慰めだが、間を埋めようと必死で口を動かした。

「私……この館、好きじゃないんです」

「……なぜです？」

「昨夜、この辺りで人影を見たとお伝えしましたよね」

「はい」

雫久は花瓶が割れた音に驚いて悲鳴を上げた。夜中に大きな音がすれば、誰だって驚くだろうが、悲鳴まで上げるのは過剰だ。しかし、その少し前に雫久はホールで人影を見ている。それが恐怖を倍増させたのかもしれない。

「実は、以前からこの館には人の気配がするんです」

「そりゃ、人が住んでいるんですから――」

「いえ。そうではなく、誰もいないはずなのに、誰かに見られているような……応接間や談話室でソファに座っていると、すぐそばに誰かがいる感じがするんです」

「幽霊とかそういう話ですか」

「わかりません……でも、気配を感じるのは昨日今日のようにお客様が大勢いらしている時なんです」

「それが天河さんや山根さんの死に関係していると？」

「さすがにそこまでは……でも、怖くて……」

雫久は胸に手を当て、顔を曇らせた。

「どうして僕に相談を？　榊さんの方が親しいんじゃ？」

「先輩には以前相談したことがあります。鼻で笑われました。だから実際に調べてもらおうと今回呼んだんです。でも、幽霊どころの騒ぎじゃなくなっちゃって……それに、連続殺人だと言い当てたのは佐藤さんだけですから」

雫久は申し訳なさそうに佐藤を見上げた。

自分を頼ってくれている。初めて経験する愉悦。助けてあげたいと心から思った。

「実は今、雫久さんの話を聞いていて一つ仮説が浮かんだんです」

「何でしょう？」

雫久の目が輝いた。

大丈夫。ここならバレないだろう。

佐藤は肘掛けソファを指さした。

「この椅子、食堂にもありましたよね。応接間や談話室にも」

「はい。父が特注で作らせたものです。使用人の部屋以外は、ほとんどの場所に置いてあります」

「お父さんが……」

続けるべきか迷った。

「佐藤さん？」

「えっと……もしかすると知らない方がいいかもしれないです」

「構いません。教えてください」

雫久は気丈に促した。

「来客がある日に応接間や談話室のソファに座っていると、そばに人の気配を感じるんですよね」

「はい」

「座ってたソファは、これと同じものではないですか」

「……言われてみれば、たしかに」

「天河さんの部屋にも同じソファがありました」

「はい……それがどういう？」

「『乱歩は隠し』。その意味がやっとわかりました」

「え？」

雫久が目を丸くする。

素直な反応だ。好感がどんどん増していく。

「これで大ハズレだったら恥ずかしいな」

言いながら、佐藤は肘掛けソファを調べ始めた。

「ん？　ここか……」

背面の木枠を摑んで動かすと上にスライドし、取り外すことができた。ソファの中は空洞だった。台座が置かれ、座れるようになっている。

「何これ……」

雫久が眉を顰（ひそ）めた。

江戸川乱歩の代表作に登場する「人間椅子」をアレンジしたソファ。こんな代物を作っていたなんて……。

佐藤の好奇心がむくむく湧き上がった。ソファの中に入ってみる。台座に腰かけ、肘掛けの内部に両腕を入れる。上半身は背もたれに収まった。椅子の中に座っている状態だ。

「ちょっと座ってみてください」

ソファの中から雫久に声を掛ける。

「座る？」

驚く雫久の声を聞いて、自分の迂闊さを呪った。冷や汗が噴き出す。

「え、あ、その、あの、検証しようと思ったんですが、すいません！　えーと、ど、どうしようかな」

狭い空間でパニックを起こすと焦りが数倍にも増幅される。完全に頭が真っ白になった。

「わかりました。失礼します」

「え……」

膝の上に柔らかい感触。続いて腹部から胸部に雫久の体重を感じた。両腕に雫久の腕が乗ったのもわかった。薄皮ならぬ薄革一枚で密着している。

えも言われぬ感覚に一瞬、目的を忘れかけた。

「あの……重くないですか」

恥ずかしそうに雫久が尋ねた。

「とんでもない。ちょうどいいです」

言った途端にまた赤面する。違う言い方があるだろ。

誤魔化そうと、すぐさま言葉を継いだ。

「えーと……どうでしょう……以前に感じた気配と似ていますか」

「さあ……」

「ちょっと黙りますので確認してください」

佐藤はこれ以上、襤褸(ぼろ)を出さないように口をつぐんだ。

雫久も黙る。

沈黙することで、否が応でも神経が触覚に集中した。体型、温もり、動き——雫久の身体を感じる。

突如、両腕が重くなった。膝が軽くなり、雫久の温もりが消える。どうやら立ち上がったようだ。

「ありがとうございます」

雫久の礼が聞こえた。

少々、いや、かなり残念に思いながら佐藤はソファから出た。

「どうでしたか」

「同じ……だと思います」

謎が解けたのに雫久の表情は暗かった。

この椅子を作ったのは、御影堂治定。雫久の父なのだ。

「父は、こんなものを……」

「ミステリーと手品が好きなお父さんらしいですね」

我ながら下手な慰めだ。

人間椅子を作り、館内の至るところに置く。その行為は純粋な遊び心から来ている

……なんてはずはない。

「父はその……変態なんでしょうか」

雫久は顔面蒼白だ。

「どうだろう……」

佐藤は言葉を濁した。

オブラートに包んでも相当の変態と言わざるを得ない。

「ただ、少なくともお父さんは雫久さんを座らせたかったわけではないと思いますよ」

「……そうでしょうか」

「気配を感じたのは――つまり、お父さんが人間椅子に入っていたのは、来客があった日だけですよね。ということは、狙いはその人達です。ここには女性客もよく来るのでは？」

「はい……言われてみれば、気配がしたのは女性のゲストがいらっしゃっている時だ

ったような……」

雫久は記憶を手繰るように考え込んだ。

「雫久さんに座られた時は、お父さんも困っていたんじゃないでしょうか」

「そ、そうですよね……ああ、思い出しました。私がこのソファに座る時は他のソファにカバーが掛けられたり、物が置かれたりして、座りにくくなっていました」

「きっと、ターゲットが人間椅子に座るよう誘導していたんでしょう。あらかじめお目当ての人を呼び出しておいて、自分が入った人間椅子に座らせる。いつまでも御影堂さんが来なければ、座った人もいつか焦れて帰る。あとは機を見て、こっそり椅子から出ればいい。そんな仕掛けなんだと思います。でも、たまたま雫久さんに座られてしまったことが何度かあった」

「まったくもう……」

雫久は目を伏せた。

娘に対する劣情を抱いていなかったとしても御影堂治定の倒錯的変態性は揺るがない。娘としてはいたたまれないだろう。それに――。

「……この椅子と手紙は関係あるんですか」

雫久は緊張の面持ちを佐藤に向けた。

「はっきりしたことは言えませんが、おそらく……」

佐藤は控えめに頷いた。

手紙の一行目に書かれた怪文『乱歩は隠し』。館内のあちこちにある人間椅子。密室から消えた犯人。それらを結びつけると天河殺しの密室トリックが見えてくる。そして、人間椅子を作ったのは御影堂治定。仮に、治定が犯人だとしたら、今も館内に潜んで——。

ダメだ。これ以上、首を突っ込むことはできない。

佐藤は推理を止めた。雫久の力になりたい気持ちはあるが、荷が重すぎる。

「佐藤さん、ありがとうございます」

雫久が悲しげに微笑んだ。

父親が倒錯した嗜好を持っているだけでなく、殺人に関わっているかもしれないのだ。不安は相当だろう。だが、取り乱さずに堪えている。

佐藤は雫久を愛おしく感じた。

「私、とても不安だったんです……とても……」

雫久の目が潤んだ。

胸が締め付けられる。見捨てるわけにはいかない。

「雫久さん。僕が——」

言いかけて止まる。まだ逡巡している自分に腹が立つ。

「佐藤さん」

雫久が濡れた瞳で真っすぐ佐藤を見つめた。

「雫久……さん？」

飛びかける理性を必死につなぎ留める。

すると、雫久が目を閉じた。

限界突破。あらゆる思考を放棄する。

佐藤は雫久に唇を寄せた。

いや、これでは雫久を騙すことになる。この人だけには打ち明けよう。

鼻と鼻が触れる距離で消え入るような声を絞り出した。

「雫久さん……僕はバイトでここに来ました。旅行者というのは嘘です。すいません……でも、雫久さんのことは全力で――」

唐突に胸を押された。

「え？」

軽いパニックになった。

雫久の顔を見ると、美しかった顔が怒りの形相に変わっている。これまで見せたことのない表情だ。

「は？　バイトぉ？」

口調も刺々しい。

「……雫久さん？」

事態が呑み込めない。目の前にいるのは可憐なお嬢様ではなかった。

雫久は不機嫌そうに眼を泳がせた後、大きく舌打ちした。

と、思ったら急に抱き着いてきた。

一体どういうことだ？

佐藤が唖然としていると、雫久が冷たい声で囁いた。

「私の背中に腕を回して。抱き合ってる振りをするの」

「雫久――」

「早く！」

「はいっ」

佐藤は言われたとおりにした。

「あんた、〝探偵〟じゃないの？」

「探偵？　何のことですか」

「とぼけてないよね」

「だから何のことですか」

「〝探偵〟じゃないなら、どうして昨夜、私のところに来たのよ？」

「どうしてって……悲鳴が聞こえたから」

雫久は大きくため息をついた。

「余計なことすんなよ！」

小声だが、怒気がみなぎっている。

「すいません……」

「……まさか〝探偵〟をバイトで募集した？　そんなわけないか……ねえ、あんた」

「……はい」

「バイトって闇バイト？」

「闇かどうか知らないですけど、ＳＮＳで……」

「バイトの内容は？」

「ここで数日過ごせと……」

雫久はまた舌打ちした。

「くそっ……ミスった」

「雫久さん、どういう――」

「黙ってて！　今考えてるんだから」

「はい……」

雫久が怒り心頭なのは明らかだ。しかし、抱きしめた腕を離そうとしない。

これがツンデレというやつか。

いや、それはない。何か意図があるはずだ。

佐藤はただただ困惑し、言われたとおり雫久を抱いていた。

すると、おもむろに雫久が囁いた。

「……しょうがない。よし、あんたは今のこと全部忘れて。で、これまでどおり大人しく過ごす」

「ちょっと待ってください」

「馬鹿！　大声出すな！」

雫久に背中をつねられた。

「……誰か聞いてるんですか」

部屋を見渡そうとして、また背中をつねられる。

「キョロキョロすんなよ！」

「もしかして……監視されてる？」

「くっそ、なんだよ、コイツ」

もはや、お嬢様の片鱗すら残っていない。

「教えてください。ここで何が起こってるんですか」

たった今、何かのベールが一枚めくれた。あまりに非日常的な一連の出来事。その裏側に足を突っ込んだと確信した。さらに部屋の中まで監視されていることも知ってしまったのだ。このままワケもわからず、コマを続けるわけにはいかない。

「あんたは知らなくていいの」

「そうはいきません。人が死んでるんですよ」

「だから？」

雫久の返事に愕然とした。

「……もしかして、殺人が起きることを知っていたんですか」

「……」

「答えてもらえないなら、このことを忘れるわけにはいかないですね」

「あんた……」

「それに雫久さんがお嬢様でないことも。おそらく御影堂雫久という名前も嘘でしょう。僕が『佐藤』であるように」

全てが虚構。だが、殺人は実際に起きている。これほどの舞台まで用意して……一体こいつらは何者だ？

「脅すつもり？」

「いえ。ただ、こうなったら他の人達にも聞いて回らないと」

「ダメ！　絶対ダメ！」

「こっちの身にもなってよ。自分だったら黙っていられる？」

もう遠慮などしていられない。

「ああ、もう……キスぐらいさせてやれば良かった……どうして手を出しちゃったんだろ」

どうやら雫久は、この「バイト」について知っている。そして、「佐藤」を〝探偵〟と呼ばれる誰かと勘違いして近づいた。それが最初のミス。第二のミスは、自分の勘違いに気づいて思わず素に戻ってしまったことだ。あのままキスをして部屋を出ていれば、御影堂雫久を演じ続けることができたのに。

しかし、雫久は尻尾を出した。そのことを他の人間に知られるのは不都合なようだ。卑怯な気もするが、綺麗事を言っていられる状況ではない。雫久の弱みを利用させてもらう。

「企んでいることを教えてくれ。雫久さんから聞いたと口外しないから」

「……私もほとんど知らないの」

「いやいや、今さら――」

「嘘じゃない。私も雇われなんだから」

「バイト？」

「少し違う。非正規雇用って感じ。バイトは一回限りだけど、私はリピートで雇われてる」

「よくわからないな。順を追って説明してほしい」

「……最悪」

雫久の口から出た話は、にわかに信じ難かった。

探偵遊戯——ミステリー好きな富豪のために開催される推理ゲーム。壮大な舞台を用意し、実際に殺人事件を発生させる。キャストとしてゲームに放り込まれるのは、運営スタッフと闇バイトからの採用者、そしてクライアントである〝探偵〟。事実を知らされていないのは、佐藤のようなバイトだけだ。全てはクライアントの道楽のため。自分がコマにされている感覚は当たっていたのだ。

「私は〝探偵〟とロマンスを演じるのが主な仕事。他にもヒントや進行のためのセリフを与えられている」

「女子大生というのは嘘？」

「当たり前でしょ。施設育ちの中卒よ」

「そうか……ごめん」

「謝られる筋合い無いんですけど」

「はあ……」

雫久は夜の世界でトップを取ったこともあり、一時はかなり稼いでいた。しかし、ホストにハマり、一転。金欠となった。偶然この仕事にスカウトされ、以来、度々ヒロイン役を務めているという。

「俺に話しかけていたのは、〝探偵〟だと勘違いしたから?」

「当たり前でしょ。じゃなきゃ、こんな美女が出会ったばかりの平凡な男に自分から近づくわけないっての」

　改めて言われるとショックだった。

「……犯人は誰だ?　次の犠牲者は?」

「知らない。嘘じゃないよ。毎回そうなの。運営は全貌を教えないから」

「信用できない」

「犯人や被害者を知っちゃうと、不自然な反応をしてしまうでしょ。だから大半はアドリブ」

　海外の連続ミステリードラマも同様の理由でキャストに真犯人や黒幕を教えないと聞いたことがある。

「それに、私は運営の人間じゃないから。必要最小限のことしか伝えられない。運営は探偵遊戯の存在を絶対外に漏らさないの」

「だから俺に全く情報が与えられていないのか」

　雫久の体がわずかに硬くなった。

「……その方がいいのよ。変に色々知って、命を狙われるよりずっとマシ」

「命を狙われる？」

殺人まで行う連中だ。口封じを躊躇しないだろう。

「探偵が誰かも教わってないのか？」

「当然。クライアントの情報なんて一番の機密事項だよ。だから特定のシチュエーションで遭遇して初めて〝探偵〟と認識できるの。なのに、あんたが……」

「ごめん……」

言いがかりのような気もするが、とりあえず謝った。

昨夜、真っ先にホールへ駆けつけたことで、雫久に〝探偵〟だと誤解させたようだ。

「それにしても俺が富豪に見えた？」

「おかしいとは思ったよ。まあ、見た目はそれほど悪くないけどさ。〝探偵〟のくせに、ずいぶん内向的だから。でも、たまにいるのよ。コミュ力ゼロのボンボンが」

「悪かったな。遠慮してたんだよ」

「私だって、こんなの初めてだよ。今回はバタバタしていたのもあって、いつもより情報が少なかったの」

「確認すればいいじゃないか」

「こっちから運営にコンタクトを取るのは禁止。常に監視カメラで撮られているから役柄に合わない行為はできないの」

「なるほど……そっちの役割はわかった」

核心に迫る。

「闇バイトで集められた人間の役割は？」

「……」

また雫久が固まった。

「さっき、バイトは一回限りって言っただろ。どうして二回目が無いんだ？」

「だから知らないって言ってんの」

「――殺されるからじゃないのか」

沈黙。

それが答えだった。

頭がじんわりし、吐き気がこみ上げる。

「天河に山根……まあ、本名じゃないんだろうけど……彼らは殺されるためだけに雇われたバイト……手紙の怪文は三行。殺されるのは、あと一人。それが……俺なんだろ？」

「ほんとに……知らないの」

雫久の涙声に嘘は含まれていないような気がした。

「〝犯人〟と犠牲者は闇バイトで集められることが多い……だけど、必ずそうだとは断言できない。自分が参加した回しか知らないから」

「……残りの面子の中にバイトはいるのか」

「わからない」

「運営側のキャストは誰だ？」

「お願い、聞かないで」

「命が懸かってるんだ。助かる方法を教えてくれ」

「無理よ。こんなこと初めてだもの」

殺されることに気づいたバイトは今までいなかったということか。ならば、助かる方法があるかもしれない。

混乱していた頭が次第に回り始めた。

「止められる人間は？」

「いないよ。クライアントがやめるとでも言わない限り、運営は全力でシナリオをやり遂げようとする」

「〝探偵〟がストップをかければ終わるのか」

「仮の話だよ。数億円払ってる〝探偵〟がゲームを降りるなんてあり得ない。それに、今回の〝探偵〟は常連らしいし」

殺人を目の当たりにするのにも慣れているということか。モラルに訴えても無駄なようだ。

「それでも〝探偵〟を説得するしかない」

「誰が〝探偵〟かわからないでしょ」

「館内の人間を片っ端から当たる」

「やめて！　シナリオを破綻させるような素振りを見せたら、その場で殺されるよ。私だって無事じゃ済まなくなる」

「咄嗟に殺したら、それこそシナリオが台無しじゃないか」

「やむを得ないと判断したらやる。前にもあったの。犯人が二人いるシナリオだった。犯人役の一人が罪悪感に耐えられなくなって、ゲームをやめようと叫んだの。三秒後には喉を切り裂かれてたよ。やったのは修道女を演じていた運営スタッフだった。恐怖で錯乱したとか何とか後から理由をつけて」

佐藤は戦慄（せんりつ）した。

このままでは、きっと殺される。止められるのは〝探偵〟のみ。しかし、〝探偵〟の正体が不明な上に探していることが周囲にバレたら即殺される。運良く〝探偵〟が見つかったとしても説得するのは非常に厳しい。

不可能だ――。

幾本もの鎖で身体を拘束された心地になる。

抱き着いていた雫久の腕が下ろされた。

茫然としていると、突然、雫久がキスをしてきた。

佐藤は目を丸くして硬直した。

雫久は静かに唇を離し、囁いた。

「このこと喋ったら……殺すから」

作り笑顔の雫久が部屋を出て行った。

10

「ああ、これか」

佐藤部屋のモニターを見ていた小園間は手を叩いた。

何かを忘れているのに、それが何か思い出せない。

その気持ち悪さが解消された。

今回は〝探偵〟に色目を使わなくてもいいと雫久に伝えるのを忘れていたのだ。

ミスといえばミスだが、これまでのバタバタに比べれば些細なことだ。それに、雫久が勘違いして佐藤にキスしたところで大勢に影響しない。

「だが、ずいぶん長く抱き合ってたな。あんな男が好みなのか」

軽口を言うと、一緒にモニターを見ていたカーと磐崎が野卑な笑みを浮かべた。

だが、笑ってばかりもいられない。

佐藤は人間椅子のトリックを見破ってしまった。雫久の色香に惑わされたとはいえ、一線を越えている。

「佐藤部屋に警告してくれ」

「レベルは?」

磐崎が聞き返した。

「三番だな」

「はい」

磐崎はオペ卓を操作し、マイクに口を近づけた。

「佐藤さん、佐藤さん」

モニターの中の佐藤が驚いて、部屋を見回している。

磐崎は手元の警告マニュアルに書かれた三番の警告文を読み上げた。数字が大きくなるほど警告が強くなっていく。三番は中程度だ。

「契約をお忘れなく。報酬をお支払いできなくなります。また、命の保障もできません。繰り返します。契約をお忘れなく。報酬をお支払いできなくなります。また、命の保障もできません。理解したら手を上げてください」

佐藤はすぐに手を上げげた。音の出所を探してキョロキョロするが見つからず、脱力してベッドに腰を下ろした。

「ずいぶん動揺してますね。まあ、びっくりするか」

磐崎が鼻で笑った。

「こいつが謎を解いても面白いんじゃないのぉ」

カーがノートパソコンのキーを叩きながら吐き捨てるように言った。雫久と佐藤のハグが終わった途端、「直木賞」用の原稿に戻っている。

「ははは、先生もお人が悪い。それじゃ、すぐに破綻しちゃいますよ」

「ふん、それは知らんけど」

水でもこぼしてノートパソコンが壊れればいいのに、と小園間は心から願った。

「できた！」

部屋の隅で香坂が小躍りした。

先ほどから密室作りの施錠を練習している。

「もう一回」

個室のドア部分だけが立てられた簡易セット。白井が施錠トリックの練習に使っていたものだ。

香坂は再びドアに細工をした。すっかりお手の物になっている。

「せーの」

香坂は一人掛け声を発し、テグスを強く引いた。釣り糸にも使われるテグスはそうそう切れることがない。

心地よいロック音と共に上手く施錠された。

「よし、またできた」

成功率がどんどん上がっている。

「香坂さん、いい感じじゃない」

「はい。やってみると面白いですね、これ」

高木彬光の作品に見立てた密室トリックは小園間も気に入っていた。

「本番で失敗しないでよぉ」

カーの嫌味が飛んできた。

香坂と二人で性悪作家の背中を睨みつける。

「状況は？」

奥から雅が戻って来た。

「変わりありません」

小園間は事務的に答える。

「そう。で、次の案件のことだけど」

雅は書類のバインダーを机に投げた。

半年後に予定されている探偵遊戯の話だと小園間は察した。

「すみません、今日明日は現場で手一杯ですので……新規の打ち合わせは明後日以降でお願いしたいのですが」

「使えないわね。現場の仕切りがマルチタスクに対応できないなんて。そんなことだから日本支部はこのザマなのよ」

「……夕食の準備がありますので失礼します」

小園間は雅に背を向けた。

いよいよクライマックスなんだ。邪魔をするな。

横目でモニターを見ると、頭を抱えて動かない佐藤が映っていた。

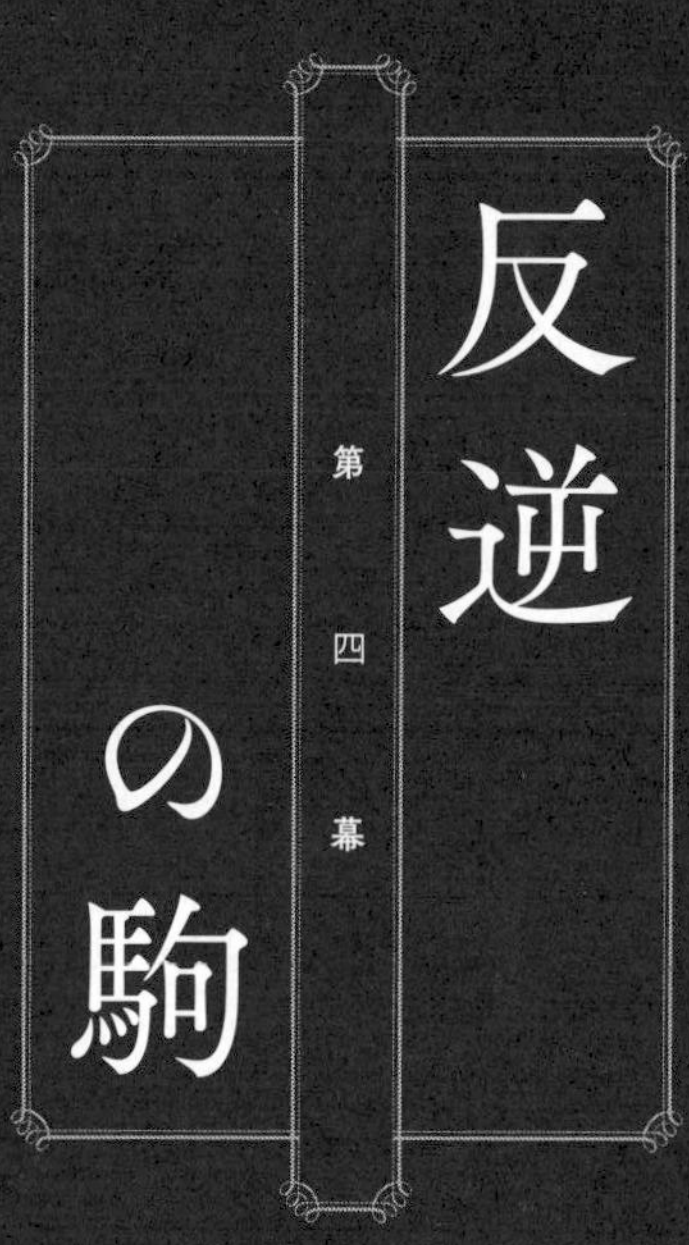

第四幕 反逆の駒

1

上等な肉のはずなのに、味がしない。

夕食のステーキを切りながら佐藤は同席者を盗み見るように観察していた。

家具も人も変わっていないが、見える景色が数時間前とまるで違う。ここは御影堂家の屋敷などではない。金持ちのために用意された殺人推理ゲームの舞台だった。一度知ってしまうと不審点が目につき出す。館の壁や床には古い木材が使われているが、所々わざと古く見えるよう塗装されている箇所もあった。

徳永もこの残酷な遊びに巻き込まれたのだろうか。

雫久には確認できなかった。

仮に徳永が参加していたとしても役名で呼ばれていたはずだ。これといって身体的特徴もない。徳永の写真が入っているスマホはクルーズ船に乗る際、没収されている。

「榊先輩、沼の捜査はどうでしたか」

雫久がしおらしく尋ねた。

本性を知っていると、挙動の全てが白々しく見える。

「近くの茂みに泥で汚れた胴付き長靴が捨ててあった。山根の死体を沈めるのに犯人が使ったものだろう」

　山根の死体を発見した直後は動揺したようだった榊。今は完全にいつものエリート然とした冷静さをまとっている。

　こいつは〝探偵〟か。〝犯人〟か。それとも殺される予定の人間か。とても闇バイトを利用するタイプには見えないが、雫久の演技にもすっかり騙されていたぐらいだ。外見で判断するのは危険だ。

「調べた感じー、指紋の採取は難しいでしょうねー」

　言って、日々子が小さくカットしたステーキを食べた。

　この人はどうだ。三十代でこの惚けた喋り方。嘘くさいが、猟奇犯罪学などという妙な学問を生業にする人間なら変人でもおかしくないか。しかし、そもそも猟奇犯罪学なんて学問は実在するのか。いや、そこは問題じゃない。〝探偵〟が等身大で参加するとは限らない。〝探偵〟が猟奇犯罪学者を演じているなら職業の虚実は二の次だ。

　佐藤は改めてテーブルを見渡す。

　天河と山根がいなくなり、食卓についているのは四人。寂しくなったものだ。

　榊と日々子の他にも〝探偵〟候補はいる。船長と医師の白井だ。どちらも部屋から出てこない。料理は使用人たちが部屋まで運んでいるという。その際、事件の状況や進展について聞いている可能性もある。自らは動かず、伝え聞いた情報だけを基に推理しているのかもしれない。「安楽椅子探偵」というやつだ。

「あのー。使用人さん達のことをお聞きしていいですかー」

日々子が小園間と香坂を交互に見やった。

「私たちの――ですか」

小園間が戸惑った顔をする。

「そうですー。これ言っちゃいけないかもしれないですけどー、天河さんと山根さんを殺した犯人は、館内にいる誰かですよね？」

「それは……そうなりますね」

「なのでー、一応、使用人さん達の人となりも聞いておいた方がいいかなってー」

「僕も同意します。疑っているわけではありませんが、念のため把握しておきたい」

榊の冷徹な視線が小園間に向けられた。

「承知いたしました。香坂さん、真鍋くんを呼んできてもらえるかな」

「かしこまりました」

香坂が退出すると、小園間は自身のプロフィールを話し始めた。

「御影堂家にお仕えして、かれこれ十年近くになります。それ以前は電機メーカーに勤めておりました」

「ここは別邸ですよね。御影堂さんが東京に戻っている間はどうされているんですか」

「私と真鍋は旦那様に帯同しております。ここの留守は香坂が預かっています」

という設定か。

佐藤は聞き耳を立てていた。

小園間は運営の人間ではないだろうか。執事としての立ち居振る舞いが洗練されている。それに館内の配置やスタッフ、来客に至るまで抱えている情報量が多い。付け焼刃のバイトに任せられるポジションではないだろう。〝探偵〟でもないはずだ。年齢を鑑みれば富裕層であってもおかしくない。しかし、未知の場所で事件に遭遇するという探偵の醍醐味が執事では得られない。

香坂が真鍋を連れてきた。

「真鍋くんが御影堂家に来たのは去年だったかな？」

小園間に確認され、真鍋が頷いた。

「はい。その前までは都内のホテルで料理長をしていました」

雇われて日が浅いシェフ。

料理好きの金持ちが「シェフ探偵」をやりたがった……それにしては、これまで事件に関与する素振りが皆無だ。一方で、山根の死体を最初に発見している。〝探偵〟だとしたら引きが強すぎるだろう。

香坂も事件の捜査に積極的ではない。ただ、元法医学者という経歴をどう捉えるべきか。娘が自殺した過去もある。御影堂家を調査する中で今回の事件に遭遇。『家政婦は見た！』の猟奇事件版。筋が複雑過ぎるだろうか。

今ここで立ち上がって、「誰が探偵なんですか」と呼びかけることができたら、どれだけ楽か――。

佐藤は腕組みをしかけて、慌てて姿勢を戻した。

熟考していると悟られるのは危険だ。

呑気に料理を食べる振りをして、頭を動かし続ける。

〝探偵〟を見つける以上に困難なのが、ゲームをやめるよう説得することだ。好奇心なのか、承認欲求なのか、刺激を求めてのことなのか。いずれにしても理解に苦しむが、繰り返し探偵遊戯に参加し、本物の殺人現場を楽しんできた人間だ。そんな奴の心をどう動かせばいい？

「使用人の皆さんは被害者のお二人とはお知り合いだったんですかー」

「山根様とお会いしたのは初めてです。天河様は頻繁にいらっしゃっていましたので、私も香坂もよく存じ上げております。真鍋は……どちらも昨日が初めてだね」

「ええ、そうです」

日々子の質問に小園間と真鍋が丁寧に答えた。

佐藤は食事の手を止めた。

〝探偵〟にばかり気を取られていたが、〝犯人〟も無視できない。それどころか、命を狙われるとしたら、手を下すのは〝犯人〟だ。ならば、〝犯人〟捜しを優先すべきなのではないか。しかし、〝探偵〟でもない自分が〝犯人〟を見つけ出せば、シナリオの破綻だ。その前に邪魔者として消されてしまう。

ため息がこぼれた。

考えれば考えるほど身動きが取れなくなる。

会話が途絶え、沈黙が訪れた。

顔を上げると、〝探偵〟候補の二人が揃って熟考していた。

〝探偵〟の推理――。

佐藤の目が見開いた。

不可能と思われた探偵遊戯からの脱出。その方法を見つけた。

〝探偵〟と〝犯人〟、両方を同時に攻略する。

佐藤の頭は目まぐるしくシミュレーションを繰り返した。

奇岩館で起きているのは連続殺人だ。このまま過ごせば、いつか自分も殺される。

だが、すでに殺人は二件発生済み。連続殺人事件として成立している。

もし、自分が殺される前に、事件が解決したらどうだ？

次の犠牲者が出る前に〝探偵〟に犯人を当てさせれば、その時点で探偵遊戯は終わるのではないか。

ナイフとフォークを持つ手に力が入る。

ハードルは高い。それでも〝探偵〟を説得するより、よほど成功する見込みがある。

しかし――。

これまでのところ、誰も決定的な推理をしていない。二件の殺人はどちらも謎のままだ。であれば、こちらからヒントを与え、〝探偵〟が解決してしまうように仕向ける。さりげなくヒントを出す程度ならシナリオの破綻にもならないはずだ。助手として有能ぶりを見せつければ、〝探偵〟に気に入られるかもしれない。そうなれば、しめたものだ。助けてもらえる可能性がさらに高まる。

佐藤は興奮を抑えて目の前にいる人物一人一人を見た。

誰が〝探偵〟で、誰が〝犯人〟か。

不明な段階では全員にヒントを共有するしかない。

怪文は三行。おそらく次の殺人で最後だ。もはや、いつ襲われてもおかしくない。

一刻も早くヒントを集めて共有しなければ。

2

なぜ、黙っている。さっさとヒントを出せ。

小園間は焦れていた。

長く沈黙している榊と日々子。その横で雫久が平然とスープを飲んでいる。

伝えたばかりだろうが。

夕食を告げに部屋へ行った際、こっそり耳打ちしていた。

佐藤とはもう関わるな。

そして、夕食の席で人間椅子のヒントを出せ——。

シナリオには犯人の手がかりも織り交ぜる必要がある。

人間椅子のヒントは本来ならもう少し後で出す予定だったが、すでに佐藤が暴いてしまった。その様子はカメラに記録されている。無かったことにはできない。

とはいえ、ヒントの順番が前後するのはよくあることだ。リアリティを追求する探偵遊戯ならではの展開と言える。

小園間がじっと雫久を見つめていると、やっと目が合った。

雫久は「言われなくても覚えていますよ」とばかりにナプキンで口を拭いた。

「あの、お伝えしないといけないことがあります」

雫久が重苦しく言うと、同席していた三人が顔を上げた。

「言おうかどうか迷ったのですが……天河さんと山根さんの件にも関係あるかもしれないので」

「なんでしょー」

日々子が気遣いの笑顔を作る。

雫久は食堂の隅に置かれた一人用の肘掛けソファを指さした。

「あのソファと同じものが応接間や談話室、そして客室にも置かれています」

「ええ。私の部屋にもありましたよー」

雫久は席を立つと心苦しそうな顔をして、肘掛けソファに近寄った。

「このソファには仕掛けがあるんです」

「仕掛け？」

榊が首を伸ばした。

雫久はソファの木枠を摑み、力を入れた。背面が丸々外れ、ソファ内の空洞が現れる。

「もしかして……」

榊が唸(うな)った。

雫久が目を伏せる。

「江戸川乱歩の『人間椅子』を真似て作られています」

「人間椅子？」

無邪気に尋ねる日々子に榊が詳細を説明した。

聞き終えた日々子は「おえー」と顔を顰めた。

「誰がそんなものを？」

「父です」

答えてから雫久は俯く。

「御影堂さんが……」

榊も日々子もそれ以上は追及しない。

「乱歩は隠し」

ぼそりと声がした。発したのは佐藤だった。

こいつ……。

小園間は目を尖らせた。

人間椅子と手紙の一行目を関連付けるのは、天河殺しの密室トリックを暴いたに等しい。

お前なんかが解いていい謎じゃないんだよ！

しかし、当の佐藤は手紙の一行を口にしたきり呑気に料理を堪能している。

結論まで言わない……ただの独り言か？

小園間の怒りは呆れに変わった。

空気を読まず、思いついたことをすぐ口にしてしまう人間は一定数いる。こいつもそのタイプか。あそこまで警告されたのに緊張感が欠けている。一緒に仕事をしたくない人間の典型だ。

「ああ！　お嬢様、それは……」

小園間は慌てた素振りで話を引き戻す。

「小園間さんもこの椅子の仕掛けを知っていたんですか」

雫久が応じて咎める演技をする。

「……」

「小園間さん」

「……はい。家具職人への発注は私がしました」

「他に知っている人は？」

「香坂と白井先生です」

「どうして止めてくれなかったんですか」

「申し訳ございません」

小園間は深々と頭を下げた。

これで必要な情報は出した。

勘の良い〝探偵〟なら可能性に思い至るだろう。館主の御影堂が実は館内に隠れていて、殺人を行っている。そんなレッドヘリングまで仕込んでいた。もはや、重要ではなくなったが――。

小園間は佐藤を横目で睨んだ。

それでも一応シナリオは全て消化しないと気持ちが悪い。後でゲストに何を言われるかわからないからだ。

「あのー、さっきの続きなんですけどー」

日々子が手を挙げる。

「使用人さん達は山根さんと初めて会ったんですよねー。では、他の皆さんはどうでしょう。天河さんと山根さん、両方とお知り合いの方は？」

誰も反応しない。

「雫久さんはー？　天河さんは頻繁にここを訪れていたんですよねー」

「いえ。天河さんには初めてお会いしました。ご本人ともその話をしていたんです」

「そっかー。じゃ、犯人はここにいない人かなー」

「ここにいない、というのは？」

「ずっとお部屋にいる白井さん、船長さん。もしくは、まだお会いしていない誰か」

「まだ会っていないって……知らない人間が紛れ込んでいると?」

雫久が顔を引きつらせる。

よしよし。会話の持って行き方によっては、館主のレッドヘリングに繋げられるかもしれない。

小園間は頭の中でフローチャートを描いた。流れに合わせて柔軟に展開を差配する。

「だってー、山根さんが殺された時、私たちは全員館内にいたんですよー。ということは、他の誰かが犯人だと考えるのが自然では?」

「一理ありますが、その仮説には問題が残ります」

榊が割って入った。

「外に出られなかったのは山根も同じです。でも実際、山根は沼で死んでいた。逆密室の謎はどっちみち解かないといけない」

「うーん。ですよねー」

日々子が大きく頷いた。

「死亡推定時刻の根拠は?」

え……?

小園間は耳を疑った。

核心を突く質問。

発したのは、また佐藤だった。

睨みつけてやろうと視線をやり、驚愕する。

佐藤はしっかりと香坂を見つめていた。

「まだ香坂さんから詳しい話を伺っていませんよね」

佐藤の口調は人が変わったかのように堂々としている。

「はいはい。死亡推定時刻ですね」

香坂は余裕の笑みを作って答える。

が、ちらりと小園間を見た目に焦りの色があった。

「山根さんが殺されたのは、死体発見の一時間前あたりということでしたね」

「ええ、ええ。そうですよ」

「推定の根拠は？」

「ええ、ええ。いくつかございますが、例えば、死後硬直がまだ始まっておりませんでした」

香坂の返答を小園間は固唾（かたず）を呑んで見守った。最低限の理論武装はさせてある。

しかし、佐藤は納得しなかった。

「うろ覚えで恐縮ですが、死後硬直は死後二時間あたりから発現するのでは？」

「え、ええ。まあ……他の要因とも併せて総合的に――」

「他の要因とは？」

「し、死斑など……」

「山根さんは逆さにされていました。死斑ができるとしたら頭部だと思います」

「そ、そうですね……」

「でも、頭部は泥だらけでしたよ。確認できるんでしょうか」

「も、もちろんです！」

まずい。

香坂が取り乱した。

「わ、私は法医学者です！　職場を離れて久しいですが、まだ目は曇っておりません！　お疑いなら、ご自身でお調べになっては!?」

小園間は香坂と佐藤の間に入った。

「まあまあ、香坂さん。佐藤様が検案できるはずがないでしょう。佐藤様もちょっと気になっただけでございますよね」

「はい……すいません」

一変して佐藤は怯えていた。

「香坂さんの経験や腕を否定したかったんじゃないんです……ごめんなさい」

まるで殺されそうにでもなったかのように顔色が悪い。

料理皿に目を落とし、小さくなる。

小園間は胸を撫で下ろした。

が、俯いた佐藤の口がまた動いた。

「でも普通、死亡推定時刻は前後数時間の幅を持たせるので」

食堂に冷たい風が吹いた。

細かいことを言いやがって——。

小園間は殺意を覚えた。

そんな重箱の隅をつついて香坂の嘘を暴こうというのか。邪道にも程がある。

天河殺しの三重密室、山根殺しの逆密室、香坂の娘を巡る過去の因縁。切り込むところは他にあるだろう。それなのに、一般人が知らない専門知識の齟齬を追及するなんて。なんという性格の悪さだ。アンフェアだ。だいたい、お前は〝探偵〟じゃないだろ。馬鹿野郎！

小園間はつい食堂の監視カメラを見てしまった。

怒り狂う雅の顔が重なる。

どうする？

ここで香坂の嘘がバレたら終わりだ。

次の殺人を起こす前に犯人が確定してしまう。

「あらあら、佐藤様、詳しいんですねえ」

香坂が朗らかに言った。

佐藤がきょとんとして顔を上げる。

「最近の法医学界では、そうなってるんですよねえ。私が現役の頃は三十分単位で死亡時間を割り出すよう言われていましたよ。すみませんねえ、古い人間で」

「そう……ですか」

佐藤はぽつりと言ったきり黙った。

やった。

香坂の機転が勝った。

小園間は同僚を抱きしめたい衝動に駆られた。

ボーナス増額を掛け合ってやるからな。

そう目で伝えた。

香坂も賛辞を贈られたことに気づいたようで頬を緩めた。

だが、不気味さは残る。

佐藤の目的は何だ？

そこそこのミステリー好きだと面接担当者の報告で聞いている。好奇心に駆られて、暴走しているのか。それにしては踏み込みが弱い。人間椅子が天河殺しに使われたと、なぜ言わなかった？　今の香坂に対する追及にしてもそうだ。もっと厳しく追及すれば、香坂も言い返せなかっただろう。この場で犯人と断定されてもおかしくなかった。

核心を突く質問をしておきながら答えまでは踏み込まない。鋭利なナイフで皮膚をなぞられるような感覚。嫌がらせ……そんなはずはない。そんな余裕がこいつにあるはずがない。単純に答えまで辿り着いていないのか。

いずれにしても不愉快だ。運営の仇となる可能性もある。

排除――。

本来なら口を封じることも検討に値する。

しかし、白井のアクシデントがある。これ以上、不自然な死が続くと、シナリオの整合性が取れなくなる。

もう一度、警告して様子を見るか。

小園間は判断を保留した。

「お嬢様、そろそろお休みになられてはいかがでしょう」

「そうね。明日には警察が来ます。ここであれこれ考えるより警察にしっかり調べてもらった方が謎も解きやすくなるでしょう」

雫久はナプキンをテーブルに置き、立ち上がろうとした。

「――皆一緒にいませんか」

　またしても佐藤だった。

「一緒にって……ここで？」

　雫久が戸惑った。演技ではない。

「はい。明日、御影堂さんの船が戻ってきて、僕たちが島の外に出られるようになるまで」

　佐藤の声は張り詰めていた。

　出過ぎた真似をしていることは理解しているようだ。

　無論、認めるわけにはいかない。

「佐藤様、旦那様がお帰りになるのは明日の午後です。さすがに、皆様をここに留め置くわけには……」

「一人になると狙われやすい。ということですね」

　榊が佐藤を見つめた。

「はい」

　佐藤が見つめ返す。

　次から次へと余計なことを――。

　小園間は鼻から長い息を吐いた。

クローズド・サークルに必ずつきまとう疑問。あるあるネタとさえ言える問題。なぜ、殺されるかもしれない状況で登場人物たちは個別行動を取るのか。皆で固まっていた方が安全ではないか。

それでも数多あるミステリー作品の登場人物たちはたいてい個々の部屋に散らばる。極限状態での緊張感に耐えられなくなった。信用できない者同士が一緒にいる方が危険。そもそも一人になる危険に気づいていない。等々それぞれ理由は用意されている。

しかし、これについても真の理由は一つしかない。

ターゲットを孤立させないと殺せないからだ。

だからミステリーでは連続殺人の恐怖に怯えながらも何だかんだで個別行動を選ばされる。

今まさに小園間がやらなければならないことだ。

ここで全員を散らさないと最後の殺人が遂行できない。

だが、佐藤の要求は小園間も織り込み済みだった。この状況なら一人になるのを拒む人間が現れて当然。いくら余計なことをするなと警告されても命の危険を感じれば、誰だってあがく。考えてみれば、人が変わったような佐藤の妙な行動も殺されるかもしれない恐怖によるものだとすれば納得できる。

悪いが、散ってもらうぞ。

小園間は佐藤を見据えた。

シナリオに抜かりはない。仮に〝探偵〟が気まぐれで団体行動を提案したとしても全員を各自の部屋に戻せるよう準備してあった。

3

振り子時計の鐘が二十時を告げた。

今、一人にされたら一巻の終わりだ。

佐藤は泣き叫びたかった。

いい加減にしてくれ！　こんなイカれた遊びはやめろ！

怒鳴って、暴れて、駄々をこねる。それで願いが聞き届けられたら、どれほどいいか。しかし、現実は冷酷だ。取り乱して探偵遊戯の内幕に触れた途端、命を失う。

危険な橋を渡った結果、〝探偵〟は来訪客の中にいると、ほぼ確信できた。

死亡推定時刻の矛盾を巡り、小園間が香坂をかばった。使用人たちは一丸で、おそらく運営の人間なのだろう。雫久もそうだ。であれば、部屋から出てこない医師の白井も運営側の可能性が高い。やはり〝探偵〟はオーソドックスに来訪客として参加していると見ていい。榊、日々子、船長の三人に絞り込める。

反面、リスクの見返りはそれだけだった。ヒントを充分与えたはずなのに〝探偵〟は反応しなかった。天河殺しに関しては、人間椅子のトリックを流用するだけで三重密室の謎は解ける。山根殺しも死亡推定時刻を疑えば、逆密室が根底から崩れる。

榊と日々子が〝探偵〟なら、これだけのヒントを提示すれば答えに至るはず。夕食の席で謎は解かれ、事件も解決。第三の殺人が起きる前に探偵遊戯はフィナーレを迎える。が、そんな目算は、佐藤が喋れば喋るほど崩れていった。

榊と日々子は食いついてこなかった。むしろ、冷めた目でこちらを見ていた。

推理が見当違いだったのか。

いや、人間椅子のトリックは証明されているし、香坂の証言が曖昧であることも判明した。もし外れている部分があったとしても〝探偵〟なら少なからず気にするはずだ。

〝探偵〟は船長なのか。顔を隠した年配の男性。富豪だと聞いて最も違和感が無い人物ではある。せっかくこんな舞台を用意させておきながら、部屋で「安楽椅子探偵」を決め込む。理解を越えた無駄遣いだが、リピーターならそんな楽しみ方をするのかもしれない。

榊と日々子は〝探偵〟でないのか。〝探偵〟だったとしてもボンクラなのか。それとも、とっくに気づいていながらドルリー・レーン気取りで黙っているのか。

誰にも視線を合わせず思案していると、小園間に呼ばれた。

「佐藤様。しかし、明日の午後まで全員ここから動かないというのは、いささか負担が大きいのでは……」

「誰かが殺されるよりはマシだと思います。皆さんは怖くないんですか」

佐藤は怯えている素振りを強調した。

連続殺人が起きている。バイトが怖がっていても不自然ではないだろう。〝探偵〟の反応が見られない以上、せめて解散は止めなければならない。

「それに、まだ殺人が起きるとは限りませんし」

小園間が時計を見る。

「お二人は、どうですか。もう殺人は起きないと思いますか」

佐藤は〝探偵〟候補の二人に水を向けた。

動かないなら、けしかけてやる。

「起きるでしょうね」

榊は即答した。

「少なくとも犯人はまだ続けるつもりでいる」

「そうですねー。天河さんと山根さんの殺害が手紙の一行目と二行目。まだ三行目が残っていますー」

日々子も同意する。怪文の真意までもしっかり理解していた。

わかってるなら最初から話に乗ってこいよ。

佐藤は安堵とも苛立ちともつかない気持ちになる。

やはり、この二人のどちらかが〝探偵〟か。

佐藤はダメ押しを狙った。

「ですから、皆で固まっていた方がいいと思います。部屋に残っている白井さんや船長さんも呼んで」

そう。白井はともかく、〝探偵〟かもしれない船長の様子を確認しておきたい。必要ならば、ヒントも提供する。

「いえ、それは難しいかと……」

わずかに小園間の頬が引きつった。

小園間の困り顔は見てきたが、今の表情は初めてだ。

触れられたくない何かに触れたのだろうか。

しかし、小園間の動揺はすぐに消えた。

「私も考えていたのですが、もし犯人が三行目に沿った殺人を実行しようとした場合、大勢が固まっていると、なおさら危ないんじゃないでしょうか」

小園間の真意が摑めない。

佐藤は黙って続きを促した。

「天河様と山根様、どちらとも面識のある方はこの中におりません。ということは、犯人の動機が不明です。逆に考えれば、動機が無いのではないかと」

「無差別殺人ということですか」

榊が要約した。

それは佐藤も考えていたことだ。

小園間が遠慮がちに言う。

「はい。手紙の文章から犯人はミステリー好きと思われます。ですから、殺す相手は誰でもよく、目的は――」

「トリックの完遂」

榊が結論を引き取った。

「ぼくの考えた殺人トリックを実際にやってみた、ってやつですねー」

日々子独特のまとめに榊が苦笑する。

「手紙の内容には、ずっと違和感を覚えていました。通常の見立て殺人では、被害者の死が暗示されます。でも、雫久に届いた手紙は違う」

榊は眼鏡を押さえた。

「書かれている内容のうち、死につながる描写は三行目の『最後に彬光くびを捥ぐ』

だけです。一行目は『乱歩は隠し』、二行目は『正史は塞ぐ』。たしかに天河さんと山根の殺害現場には、それぞれ乱歩と正史に関連付けられる要素があった。でも、一行目で示されていた行為は『隠し』であり、二行目は『塞ぐ』です」

「殺人を示すなら『胸を突く』や『逆さ』などの言葉を使いそうなもんですよねー」

日々子が合の手を入れる。

「少なくとも死体の状態を表す言葉が使われないとおかしい」

榊は宙に向かって、もしくは自身に対して喋っているようだ。

「まあ、『乱歩』と『正史』がそれに該当すると言えなくもないけれど、『隠し』と『塞ぐ』どちらの言葉も意味を持っている。『隠し』は、犯人が人間椅子に隠れて、発見者がいなくなるまでやり過ごすことを示していた。『塞ぐ』は、山根の死亡推定時刻に館から誰も出られない状況を作り、事実上、館を封鎖したことを暗示している。つまり、どちらもトリックについての言及だった。犯人が誇示したかったのは初めからトリックだったということです」

榊にまくしたてられ、佐藤は反論の機を逸した。

佐藤自身、榊と同じ推理をしていたことも反論を躊躇させた。それに――。

やっぱり天河殺しのトリックにも気づいていたんじゃないか。山根殺しにしたって、死亡推定時刻がカギであることを匂わせているし。こいつら食えないな。

榊のロジックを感心して聞いていた小園間は、ほれ見たことかと言わんばかりに饒舌になった。

「そうなると、皆様が一か所に固まっていることに意味は無くなります。むしろ、巻き添えでより多くの犠牲者が出てしまう可能性も……」

「待ってください」

佐藤は大声を出してしまった。

このままではまずい。

「無差別殺人は可能性の一つですよね。それに皆で固まっていたからといって巻き添えが出るとは限らないじゃないですか」

「銃を乱射されたらおしまいです」

「え？」

小園間の台詞に佐藤は絶句した。

「ここは日本ではありません。犯人が銃を持っていると用心すべきではないでしょうか」

小園間の言うとおりだ。今、銃を構えた犯人が食堂に現れ、次々と発砲したらどうなる。危険は全員に及ぶ。自分の身が安全だと知っている〝探偵〟でさえ流れ弾を恐れるだろう。

しかし、引っ掛かりも覚える。そうなったらもうトリックでも何でもない。

小園間が銃の存在に触れたのも妙だ。

これまで奇岩館全体がまるで日本のどこかにあるかのような雰囲気を醸し出していた。いや、そうした雰囲気が作られてきた。佐藤自身、ここがカリブ海の孤島であることを忘れる瞬間が度々あった。なのに、小園間の方から世界観を壊すような発言をしている。

そこまでしても全員を部屋に戻したいということか。

執念を感じ、佐藤は背筋が寒くなった。

だが、食い下がるしかない。

「トリックにこだわりがあるなら、銃乱射なんてしないんじゃないですか」

理屈がどうであれ、次に狙われるのは自分だと「知っている」のだ。そんじょそこらの殺され役と一緒にされては困る。

「わ、私が言いたいのは、一か所に集まると危険が増すかもしれない以上、無理にここで夜を明かすメリットは無いのでは、ということです。もちろん、皆様のご判断に従いますが」

小園間は懇願するように一同の顔を見た。

「佐藤さんの言っていることは一理ありますよねー」

日々子が佐藤に笑いかけた。

目が合ったのは初めてかもしれない。なんだか泣きそうになる。

「でも、小園間さんの言ってることも納得ですー」

日々子に視線を逸らされ、佐藤は別の意味で泣きそうになった。

「自分の部屋に閉じこもるか、皆で固まっているか、どっちがいいかは決められませんねー」

日々子は肩をすくめた。

ダメだ。どっちもどっち論に流されたら結束できない。

「僕は――」

榊が腕組みして、椅子に寄りかかった。

「一人で考えたいかな」

佐藤は目の前が真っ暗になった。

「自分は殺されないと高を括っているわけではないですけど、どこから狙われるか予測できない場所より個室の方が身を守りやすいですし」

榊に断言され、佐藤は頭を抱えた。

もう終わり……なのか。

「集団行動によほど優位性があれば別ですけどー、私も一応女子ですのでー、色々やることがー、ね？」

日々子が雫久に顔を向ける。

雫久は「ええ、まあ」と苦笑した。

「では、ご馳走様でした」

榊が席を立った。

日々子も倣う。

食堂を出ようとして、榊が振り返った。

「佐藤さんの心配はもっともです。皆さん、部屋に戻ったら施錠を忘れないようにしましょう」

同情でもしてくれたのか。だったら行かないでくれ。

佐藤は目で榊に訴えた。

しかし、榊と日々子が佐藤を見ることはなかった。

佐藤はゆっくりテーブルに向き直った。

「佐藤さん」

呼ばれて顔を上げると、雫久が脇に立っていた。

見下ろした目には哀れみの色が浮かんでいる。

雫久は、これが最後だと知っているのだ。別れたら二度と会うことがないと。

佐藤は耐えられなくなり、目を逸らした。

「あんな言い方したら皆引いちゃいますよ」

二人にしか聞こえない小さな声だった。

思わぬ批判を受け、佐藤は雫久を見つめ直した。

雫久はさらに声を落とした。口調も素に戻っている。

「犯人はミステリーに執着があるんだよね。それ、あんたのことじゃん」

金槌で頭を殴られた気がした。

謎のヒントをあれこれ披露する。香坂に食って掛かる。しかし、答えには踏み込まず、寸止め。これでは〝探偵〟の腕試しをして楽しんでいると思われても仕方ない。しかも、今までほとんど喋らなかったくせに、突如豹変(ひょうへん)して一か所に留まるべきだと強弁した。

完全に怪しいじゃないか――。

迂闊だった。

核心に触れず、ヒントだけ与えようとした行為が裏目に出た。冷静を保つよう心掛けていたつもりが、真逆の行動を取っていたのだ。

「どうして、あんたなんかを〝探偵〟だと思っちゃったんだろう」

雫久が弱々しくつぶやいた。

「間違えなきゃ、こんな想いしないで済んだのに」

「お嬢様もそろそろお休みに」

食器を片付けていた小園間が声を掛けた。

雫久が明るい顔を作る。

「そうね。佐藤さんもお部屋に戻った方がいいですよ。ここは夜冷えますから」

笑いかけた口元がわずかに動く。

「私には何もできない。だけど……死なないで」

雫久は身を翻し、食堂を出て行った。

生き残って、あの子と再会してやる。

雫久の姿が消えても佐藤は入口を見つめ続けた。

「佐藤様はどうされますか。ここに残られても構いませんが」

小園間が無情に問い掛けた。

一人で残るぐらいなら、部屋に閉じ籠った方がいい。

「戻ります」

佐藤は席を立ち、部屋に向かった。

入室するなり、ドアに鍵を掛ける。

ベッドを動かし、ドアを塞いだ。

窓は？

急いで窓が施錠されていることを確認する。

だが、割って入って来られたらおしまいだ。

ドアの前に置いたベッドをまた動かし、窓の前に立てる。手薄になったドアはソファとサイドボードで塞いだ。

武器も要る。

クローゼットからハンガーを取り出し、得物にした。

殺されてたまるか。

佐藤は壁に背中をつき、ドアと窓を交互に睨んだ。

4

佐藤の奮闘を小園間は司令室のモニターで眺めていた。

他の面々も全て自室に戻っている。

「始めよう」

小園間の指示で磐崎がオペ卓のボタンを叩いた。

二階の端。香坂の部屋でランプが点滅した。

香坂はガウンを羽織り、畳の上に正座している。点滅に気づくとカメラ目線で頷いた。

「頼むよ」

小園間は祈るように両手を握り、モニターに視線を走らせる。

香坂は部屋を出て、談話室に向かった。

磐崎が香坂の移動に合わせてカメラをスイッチングする。

二階トイレ前。二階廊下Ｄ。談話室前廊下。談話室Ｂカメ。

メインモニターの映像が次々と切り替わり、移動する香坂を追った。

談話室に着くと、香坂は神将像の首を摑んで回すように持ち上げた。首は苦もなく外れた。

香坂は神将像の首をガウンの下に隠し、踵を返す。

「急な代役にしてはスムーズね」

司令室の後方で雅が言った。

「繰り返しシミュレーションをさせましたので」

小園間はモニターから目を離さず返答する。

大丈夫。香坂はやってくれる。

握った両手に力がこもった。

談話室前廊下。二階廊下C。書斎前廊下。館主寝室前廊下。二階廊下A。
素早く移動した香坂は深呼吸してから一室のドアをノックした。
「はい」
「香坂でございます」
段取りどおりドアが開き、雫久が顔を出した。
香坂が首を持っていくと事前に知らせてある。
雫久はそそくさと香坂を中に入れた。
ドアを閉めてすぐ香坂は神将像の首をガウンから出し、雫久に手渡した。
両手で受け取った雫久は首に目を落とす。
「詳しく聞いてないいんですけど、これ――」
雫久が言いかけた刹那、その首に香坂がナイフを突き刺した。
すぐさまもう片方の手で口を塞ぐ。
雫久の目が焦点を失った。
ナイフを引き抜くと血が噴き出し、神将像の首と香坂の衣服を赤く染めた。
雫久は崩れ落ち、絨毯に横顔を埋めた。目を見開いたまま絶命している雫久の顔が
モニターに映し出される。
流血がおさまるのを待ってから香坂は雫久をうつ伏せに寝かせ、首にナイフをあて

た。

ナイフが骨に引っ掛かり、首の切断には想定よりも時間を要した。

作業を終えた香坂は窓から身を乗り出し、海に向かってナイフを投げた。そして、鏡台で返り血が顔にかかっていないことを確認し、ガウンを裏返して着直す。黒のリバーシブルは裏面に付いている血を完全に隠した。

ここまでは上出来だ。残るは密室のトリックのみ。

「頑張れ」

オペ卓前の磐崎が小さく声援を送る。

司令室にいる全員が固唾を呑んでモニターに見入っている。

香坂は手袋をはめ、窓を施錠した後、神将像の首を拾った。いよいよ密室トリックに取り掛かる。

雫久部屋のドアも一般家庭で広く使われているシリンダー錠だ。ドアを内側から施錠するつまみ——サムターンを回すと、扉内部から閂（かんぬき）が飛び出し、施錠される。

香坂はドアを開けてからサムターンをゆっくりと回した。閂が飛び出るギリギリで止め、神将像の口にサムターンをくわえさせる。もちろん、ジャストフィットでハマるように、あらかじめ神将像の口が設計されている。

首とサムターンが嚙み合ったのを確認した香坂は、ポケットからテグスを取り出した。輪っか状にした片端を神将像の耳に引っ掛ける。

テグスを持ったまま、そっと部屋を出て扉を閉めた。テグスがドアに挟まれる。

香坂は手に持ったテグスに目をやり、再び深呼吸した。

司令室でも深く息を吐く音がした。

香坂は慎重に力強くテグスを引いた。

神将像の首は動かない。

「頑張れ。できる」

気づくと小園間はエールを声に出していた。

成功は突然やってきた。

ガチャンという音と共にサムターンをくわえた神将像の首が回った。首は勢い余って、サムターンからはずれ、床に落ちた。

防音の司令室で歓声が沸き起こる。

高木彬光『人形はなぜ殺される』の首切り殺人をモチーフにしたトリック。人形の首がただの飾りではなく、密室トリックに関係しているのがミソだ。ゲストも喜ぶだろうと小園間はニヤリとした。

「まだ終わってないでしょ」

雅の冷や水が熱気を打ち消す。

部下の大手柄を喜べない上司に辟易した。

香坂は神将像の耳からはずれたテグスを回収している。

「では、行ってきます」

小園間は雅に背中を向けたまま言い、司令室を速足で出た。

香坂の練習が実った。小園間は自分事のように嬉しかった。

そうだ。チームなんだ。

一人一人には問題がある。しかし、それを乗り越えて結束しないとチームは機能しない。煩わしいことの方が多いが、それらをご破算にするほどの達成感を偶に得られる。何度も忘れ、何度も気づかされることだった。

執事室を抜け、二階に上がる。

談話室の前。首無しとなった神将像。

さあ、どーんと行こうか。

小園間は館中に聞こえるよう精一杯悲鳴を上げた。

5

長時間にわたる緊張と恐怖は佐藤をすっかり憔悴させていた。

部屋の隅に座り込み、ドアと窓を見張り続けている。廊下の足音を聞き逃すまいと耳に神経を集中させていると、部屋のわずかな軋みにも敏感になる。

いっそのこと、窓から外へ逃げようかとも考えたが、窓を開ける恐怖に勝てなかった。どのみち島から外へは出られない。見つかるのも時間の問題だ。

でも、もう限界だ。船が到着するまでなら逃げ切れるかもしれない。

佐藤は意を決し、窓のバリケードにしたベッドを避けようとした。

小園間の叫び声が聞こえたのは、その時だった。

佐藤は驚いて体勢を崩し、ベッドの下敷きになりかけた。

助かったのか……。

初めにやってきた感情は安堵だった。

犠牲者は別の人間——嬉し涙がこぼれた。そんな自分を嫌悪したが、本音を取り繕うことはできなかった。

ドア前のソファを脇に退け、廊下に出た。

声は二階から聞こえた。

警戒を解かずに階段を上がる。

談話室に人が集まっていた。一同の視線は神将像に向けられている。

「首の行方に心当たりは無いんですよね」

「はい……まったく……」

榊の質問に小園間がおどおどしながら答えている。

談話室には小園間、香坂、真鍋ら使用人の他、榊と日々子の姿があった。香坂だけガウンに着替えている。

「いない……」

全身が粟立った。

「雫久さんは？」

佐藤は誰ともなく尋ねた。

「……そういえば、来ていませんね」

日々子が顔を曇らせる。

「……お嬢様！」

駆け出した小園間を一同が追う。

小園間は雫久の部屋に急行し、ドアを荒くノックした。

「お嬢様！　雫久お嬢様！」

返事がない。

榊がドアノブを回した。ドアはしっかり施錠されている。

「小園間さん！　鍵を！」

榊が叫ぶ。

「旦那様とお嬢様のお部屋はマスターキーを作ってないんです！」

小園間が泣きそうな顔で首を振る。

佐藤は小園間と榊を押しのけ、ドアに体当たりした。

ドアは開かず、肩を痛めただけだった。

「一緒に」

榊と二人がかりでぶつかると、ドアが壊れ、部屋の内側に開いた。

雫久の死体を見ても佐藤は現実と認識できなかった。

胴体から切り離された雫久の首。その横に神将像の首が転がっている。

「そんなはずない……だって、雫久は……」

運営側の人間だったはずだ——。

佐藤は言いかけて言葉を詰まらせた。

「最後に彬光くびを捥ぐ」

日々子がつぶやいた。

「そんな……お嬢様の首を……」

小園間が膝から崩れる。

「『人形はなぜ殺される』か」

榊が震える声で言った。

「何ですか、それー」

日々子が尋ねる。すでに興味は雫久の死よりも謎解きに移っているようだ。

榊は自らを落ち着かせるように眼鏡を直した。

「……高木彬光の代表作です。首を切断された死体のそばに人形の首が転がっている場面があります」

「そのまんまの状況ですねー」

日々子が妙に感心している。

実際は少し違う。『人形はなぜ殺される』では、死体の首が現場から持ち去られている。とはいえ、怪文の三行目も照らし合わせれば、見立てられていることは明白だ。

「ですが、今回もただの見立てではなく、密室が作られています」

榊は部屋に踏み入った。

佐藤は部屋の外で佇んでいた。

見立て殺人や密室トリックよりも雫久のことを考えていた。

バイト以上、運営未満。雫久は微妙なポジションだった。闇バイト応募者のように使い捨てではないものの運営からは情報を制限されている。探偵遊戯の秘密を聞いた時、雫久は、いつもより段取りを知らされていないとこぼしていた。理由は残酷だった。今回、雫久も殺される側だったのだ。

殺され役は与えられる情報が少なくなる。

生来の喋り好きと思われた天河はともかく、山根は口数が少なかった。殺されるまでに山根が取った行動は、わずかな段取りと台詞のみ。おそらく彼も余計なことをするなと釘を刺されていたのだ。天河だって口数こそ多かったが、ほとんど無駄話だった。

いや。そうなると、おかしな点が出てくる。

自分は段取りどころか台詞すら与えられていない。プロフィールもおざなり。どう考えても殺され要員だ。だとしたら、この後も殺人が続くことになる。

しかし、ドラマ性を考慮すれば、最後の犠牲者は雫久であるべきだ。どこの誰かもわからない「佐藤」などという人物がヒロイン級の雫久より後に殺されるなんて、シナリオが下手過ぎる。

もしかして、全員が殺され、誰もいなくなるパターンか。

違う。〝探偵〟が残る以上、全滅オチはあり得ない。

それに三行目は「最後に彬光くびを捥ぐ」。

最後と言っているじゃないか。

では、やはりこれで殺人は終わりなのか。

「……まさか」

気づきが声になっていた。

小園間が怪訝そうに振り返ったが、黙っていると顔を戻した。

ひょっとして、自分は犯人役？

自殺に見せかけて殺された後、あれこれバックボーンが明かされるパターンか。

いや、それにしても「佐藤」のキャラは弱い。犯人ならば動機を暗示するバックボーンが事前に示されているはずだ。「佐藤」には背景が全くない。

堂々巡りの末、結論は同じ場所に着地した。

早く〝探偵〟に謎を解かせないと殺される。

6

調べを終え、榊と日々子が部屋を出た。

小園間は深刻な表情を作っていた。油断するとニヤニヤしてしまう。

現場は完璧だった。香坂の練習の賜物(たまもの)だ。

だが、充実感は長く続かなかった。

二人と入れ違いに佐藤が部屋に入ったのだ。

「佐藤様」

止めようとしたが、道理がない。

佐藤はドアの内側を見つめて言った。

「ここに血痕がついてますね」

「ええ。返り血か、犯人が触ったか、どちらかでしょう」

すでに確認済みだと言わんばかりに榊が答えた。

佐藤はドアの前で屈んだ。

「おそらく、後者です。付着している血の量は多くないし、こすれた跡がある。ただ犯人が直接触ったとは限りませんよね」

言いながら、佐藤はわざとらしく振り返って神将像の首を見た。

「うわー、ひどいな。人形の首にも血がベットリ」

こいつはトリックに気づいている。暴かれる前に黙らせないと——。

小園間は佐藤の腕に手を伸ばした。

すると、佐藤は自ら部屋の外に出て、小園間に尋ねた。

「どうして、犯人は人形の首を持ち込んだんでしょうね」

「それは見立て殺人のためでは？」

小園間はひとまず惚けることにした。

「『最後に彬光くびを捥ぐ』ですね」

「え、ええ……」

「でも、雫久さんの首だけでも見立てにはなってますよね。まあ、切断と捥ぐとでは、だいぶ違いますが」

　この野郎、自分が助かったと思って調子に乗ってるのか。人でなしめ！

　小園間の渋面を見ても佐藤は怯(ひる)まない。

「むしろ、雫久さんの方がカモフラージュなのかもしれない」

「カモフラージュ？」

　日々子が首を傾げた。

「ええ。怪文が示していたのは、雫久さんの首ではなく――」

「やめてください！」

　小園間は怒鳴った。もう力技で押し切るしかない。

「お嬢様が殺されたんですよ！　それをカモフラージュだ何だと！　不謹慎にも程があります！　死者への冒瀆(ぼうとく)です！　人の死をなんだと思ってるんですか！」

　我ながら、どの口が言う、と思う。

　が、感情任せの威圧は効を奏した。

　佐藤はみるみる意気消沈し、「すいません」とつぶやいて黙った。

沈黙を破ったのは榊だった。

「たしかに重要な指摘です。手紙の一行目も二行目もトリックを指していた。三行目も同様に考えれば、人形の首が密室トリックに関わっているはずです」

佐藤が口端を吊り上げたのを小園間は見逃さなかった。

「佐藤様、どうされました？」

「あ、いえ……」

佐藤はまた気弱な態度に戻った。

こいつは何を企んでいるんだ。

警告して以来、明らかに様子がおかしい。ヘソを曲げた？　それにしては怯えた様子も窺える。もしかして、自分が殺される前に事件を解決しようと考えたのか。だが、それなら推理が中途半端だ。ヒントとしては行き過ぎているが、答えまでは導かない。まるで、ヒント役に徹しているようだ。この程度なら警告に反していないとでも思っているのか。勘違いも甚だしい。

事態を悪化させる前に今すぐ殺すべきか。

やりましょうか、と真鍋の目が言っている。真鍋のエプロンには包丁が入っている。いや、もう少しなんだ。あと少しで完璧にやり遂げられる。こんな雑魚のためにシナリオを崩したくない。

「えーと、すいません」

小園間の思考を止めたのは、生殺を吟味されている雑魚当人だった。

「船長さんと白井さんにも伝えた方がいいんじゃないでしょうか」

「今はお休み中かと」

小園間は受け流した。無視してさっさと先に進めるべきだ。

が、佐藤は食らいついてくる。

「これだけ騒ぎになっているのに？　だとしたら心配ですよ。確認すべきじゃないですか」

くそっ。

血管が切れそうになったが、すぐに考え直した。

あながち悪い提案でもない。次のイベントは朝方に始める予定だったが、この際、早めるか。

「わかりました。お呼びしてきます」

「私も」

察した香坂が歩を進めた。

「では、皆様ご一緒に。今はバラバラにならない方が安全だと思いますので」

小園間は一同を連れて白井の部屋へ向かった。すでに準備は整っている。

「白井先生」

言いながらドアをノックする。

当然、白井の声は返ってこない。

「白井先生！」

もう一度大声を出してからドアの施錠を確認し、マスターキーで開けた。

ベッドで白井が布団に入っている。服装も寝間着に替え、就寝中に死んだと偽装してある。

「白井先生」

呼びかけても白井が反応しないことから榊と日々子が部屋に入った。佐藤も生意気に堂々と入室する。

「亡くなってますー」

日々子が白井の死を確認した。

佐藤が険しい顔をする。

「口の周りが汚れていますね」

榊が注目した。

「これはー、毒薬？　なぜ、口の周りに？」

つぶやいた日々子は天井を見上げた後、机に立てかけられたゴルフのパターを手に取った。その柄で白井の頭上にある天井板を突っつくと、音もなくずれて屋根裏の暗闇が覗いた。

「この上はどのくらいスペースがありますー？　人は入れますかー」

「入ったことはありませんが、屈めば大人でも収まるかと」

小園間の返答に日々子と榊は確信めいた表情になった。

これでいい。急ごしらえのトリックは、なるべく早く既成事実化させるべきだ。白井を行方不明のまま終わらせるわけにはいかない。かといって他の殺人と関連のない死に方をさせるのも違和感が出てしまう。そこでカーが乱歩と密室を絡める善後策を急遽考案した。

「『屋根裏の散歩者』ですね」

榊が天井の穴を見上げた。

手口は天井裏から糸を垂らし、寝ている白井の口に毒を流し込むというもの。山根殺しの前に香坂が実行していた。実際はすでに死んでいる白井に毒を垂らしただけだが、監視カメラの映像では体調不良で長く眠っていた白井が毒殺されたように見える。

「乱歩ねえ」

佐藤の冷めた声が聞こえた。

「佐藤様、ここは榊様と蒲生様にお任せしてはいかがでしょうか」

小園間はやんわりと佐藤を押した。また妙なことを言い出されては迷惑だ。

「そうですね。『屋根裏の散歩者』でしょうね。ただ――」

佐藤は天井の穴を見上げた。

「この館、屋根裏で繋がってるんですか」

「いえ！　それはありません！」

小園間はすぐさま否定した。

「この部屋と隣室だけ天井裏が広くなっていまして。お嬢様のお部屋や他の客室、ましてや一階には天井裏などありません」

一気に説明する。

カーとの修正作業でも問題となった箇所だ。

天井裏という抜け道を最後に出してしまうことで、今までの密室が無意味に感じられるリスクがあった。もしゲストから指摘されたら天井裏は一部しか使えないことにして整合性を維持することにした。都合の良い設定だが、やむを得ない。

お前のために考えたんじゃないけどな。

小園間は疎げに佐藤を見た。

が、佐藤は気にしていないようで、ずけずけと白井の顔を覗き込む。

「亡くなられたのは、ある程度前じゃないですか。二十四時間は経ってますよね」

と、香坂に意見を求めた。

死亡してほぼ一日経過している白井の顔は腐敗が始まりかけていた。

「そうですねえ……警察が来るまでご遺体に触らない方が……」

香坂が口ごもった。

「おおまかにでもわかりませんか」

佐藤は真っ直ぐな目で香坂を見つめた。

「いやあ、でも……」

香坂が狼狽える。

「最後に白井さんと話したのは誰ですか」

佐藤の質問に香坂と真鍋の顔が強張った。

「たぶん……私だと思います」

小園間は渋々名乗り出た。

「ですが、私がお話ししたのは昨夜です。調子が悪いので、しばらく寝ていると言っておられました」

「え？　白井さんも調子が悪かったんですか。たしか、船長さんもですよね」

「い、いえ。船長さんは食欲がないだけで……」

細かい話をネチネチと……。嫌な奴だ。

「で、昨夜以来、声も掛けていなかったんですか」

「はあ……一人で休ませてほしいとのことでしたので」

小園間はハンカチで冷や汗を拭く。

佐藤は「うーん」と考え込んだ。

気が済んだか。もう黙れ。

「やっぱり検案をお願いするしかないですね」

佐藤は頭をポリポリ掻いた。

この野郎！　今に見てろよ！

「……香坂さん、検案できますか」

頑なに拒否するのもおかしい。小園間は仕方なく香坂に任せた。

「そうですねえ……」

香坂は白井の枕元に近づいた。

まずい。白井の死亡時間は掘り下げられたくない。いや、白井殺しそのものを追及されたくない。そのために難易度をかなり下げている。食堂で香坂を問い詰めたように、白井殺しで重箱の隅をつつくようなら――。

小園間は部屋の隅に立つ真鍋を見た。

真鍋が小さく頷く。

ここで殺すしかないのか。

合図は決めてある。

――まさか◯◯様がお嬢様を！

雫久殺し以降は、この一言を小園間が発せば、真鍋が対象者を殺す。雫久に恋心を抱いていたシェフが対象者を犯人だと勘違いして襲ったという筋書きだ。

「断定はできませんけど、だいぶ時間が経っているようですねえ」

香坂が目視だけで結論付ける。

「どの位でしょう」

「そうですねえ……雫久お嬢様よりは前かと……」

無難な回答だ。

「山根さんより前の可能性は？」

佐藤が続ける。

馬鹿。食い下がるな。そんなに死にたいのか。

その時、小園間の袖の中でアラーム音が鳴り響いた。

小園間は腕時計が鳴ったかのように振る舞い、さりげなく廊下に出た。

こんな時に……ふざけるな。

怒りと共に手首のイヤホンを耳に近づける。

呼び出し音はアラームに擬態してあるが、よほどのことでない限り、司令室から呼び出すのは御法度だ。

〈佐藤って子、いい加減に何とかして〉

イヤホンから雅の低い声が吹き込まれた。

小園間は首筋を掻くふりをして耳を傾ける。

〈さっさとやりなさい〉

殺せ。雅はそう命じている。

「今……やるのは……」

囁くように小声で返す。

〈破綻するわよ！〉

雅の雷が落ちた。

耳鳴りに襲われ、思わずイヤホンを遠ざけた。

簡単に言うな。佐藤を殺すのは後だ。

「どうですか。山根さんよりも前ですか」

佐藤が質問を繰り返した。

「それは難しいですねえ。布団に入っていて温かいから死体の変化も早まりますからねえ」

言いながら香坂が目でＳＯＳを送ってくる。
佐藤は気にせず、質問を続ける。
「ある程度、幅があって構いません。早くていつ頃亡くなったと考えられますか」
やめろ。やめてくれ。
天河殺害の時刻まで遡られたら、ややこしくなる。
〈急ぎなさい！〉
司令室から雅が威圧する。
耳鳴りはまだ消えない。
やめろ。
〈早く！〉
「判断は私がする！」
マイクに怒鳴りつけ、握った拳を叩きつけるように下ろした。
俯いて爪先を見つめているうちに事の重大さに気づく。
慌てて顔を上げると、部屋中の目が全てこちらを向いていた。
事情を知っている香坂と真鍋は青ざめている。
佐藤は口をぽかんと開けていた。
「先ほども申し上げたように！」

小園間は大声を上げた。他に誤魔化す術を思いつかなかった。

「死者への冒瀆は許せません！　旦那様もお嬢様もいない今、館内でのあらゆる判断は私が致します！」

言い切って佐藤を睨む。

理屈が通っているかどうかは、この際どうでもいい。佐藤を黙らせられるかどうかだ。

「すいません……」

佐藤は弱気な表情になった。

よし。

小園間は密かに勝利の拳を握った。

「でも……検案は別に死者への冒瀆ではないと思いますけど」

佐藤が同意を求めるようにキョロキョロする。

屁理屈（へりくつ）こねやがって。

小園間は二の矢を放った。

「我々使用人はお嬢様の家族のようなものです。白井先生も家族のように接してくださいました。その家族の死体を検案しろだなんて、酷ではありませんか」

どうだ。人の心があるなら、遠慮しろ。

「……そうですね。気がつかずにすいません」

佐藤は頭を下げた。

使用人三名が同時に息を吐く。

すると、佐藤が挙動不審な動きを始めた。

榊と日々子の顔を交互に見て、「どうですか？」と問いかける。

「どうですか、とは？」

榊が怪訝そうな顔をした。

「推理ですよ、推理」

佐藤は摑みかかりそうな勢いで二人を煽る。

「ええ。進めていますよ」

「私もですよー」

榊と日々子が取り合わないでいると、佐藤は顔を顰めて腕を組んだ。そのまま部屋の中を歩き回る。

「佐藤様、どうされたんですか」

小園間が声を掛けると、佐藤は吹っ切れたように白井の枕元に立った。

「すいません。気にし過ぎかもしれませんが、ちょっとここだけ」

そう言うと、おもむろに布団をめくった。

「やめてください！」

小園間は佐藤に駆け寄った。

「すいません。ちょっとだけですので」

佐藤は恐縮しながら布団を剝いでいく。

「佐藤様！　何のつもりですか！」

「他に外傷があるかも」

消えかけた耳鳴りがまた聞こえた。

寝間着の腹部をめくられたら天河に刺された傷痕が見つかってしまう。

「ダメですよ！　警察に任せないと！」

「すいません、すいません」

顔こそ恐縮しているが、佐藤は手を止めない。

力ずくで押さえるべきか。

執事がそこまでする整合性をつけられるか。

死者への冒瀆押しだけで誤魔化せるか。

「佐藤様！　少し変ですよ」

いや、今終わらせないと、こいつはこの先も場を乱す。

小園間は目を閉じた。

結果的に雅の指示に従う形になるのが癪だった。

「まさか佐藤様が――」

合図を出すのが躊躇われた。

これだけのアクシデントを乗り越えて、ほぼ完璧に遂行してきたシナリオ。この一言で無様な仕上がりに堕ちる。しかし、このままでは無様どころか破綻だ。

小園間は覚悟した。

そして、はっきりと告げる。

「まさか佐藤様がお嬢様を！」

真鍋がポケットに手を入れた。

小園間は脱力し、一歩下がった。

佐藤の背中がガラ空きになる。

真鍋が勢いをつけて、その背中に近づいた。

「犯人がわかりました」

部屋の時間が止まった。

＊

奇岩館での殺人劇、お楽しみいただけていますか。

舞台はいよいよクライマックスへと差し掛かりました。ここまで連続殺人を仕組む者とその謎を解こうとする者、両者の視点を共有してきました。皆様が犯人を知っている状態。いわば倒叙ミステリーです。

如何にして真実が導き出されるのか。皆様の推理はまとまっていらっしゃるでしょうか。

予想外の結末を迎えた暁には、ぜひ今後ともご贔屓にしていただけますと幸いです。新作発表の際は此方から何かしらの手段でお伝えさせていただきます。

脇道に逸れ、失礼致しました。

それでは最後の幕が上がります。

大団円の邪魔者

終幕

1

応接間に移動した佐藤は隅のソファに陣取った。

他の面子も付かず離れずの範囲で思い思いの椅子に座る。

「榊様、ご説明いただけますか」

小園間が代表して切り出すと、榊は「はい」と短く発して、立ち上がった。

謎を解いたのは、榊だった。

案の定といえば案の定だ。ミス研のクールガイ。ミステリーファンなら一度は演じてみたいキャラだろう。

「四人を殺害した犯人は、香坂さんです」

榊は開いた掌で香坂を指した。パーティーで知人を紹介するかのような華麗な身のこなしだ。

「わ、私ですって？」

香坂が少しオーバーに驚く。

佐藤は胸を撫で下ろした。自分が犯人にされる危険は回避できたようだ。

香坂が犯人という点に異論はない。

「榊様、さすがに香坂が犯人というのは……」

小園間がおろおろして説明を求める。

「まず、天河さん殺害のトリックから説明します」

佐藤は榊の説明をまともに聞いていなかった。人間椅子を利用した密室トリックはすでに解明済みだ。それよりも今はるかに問題なのは――。

どうやって榊に取り入る？

榊が唐突に事件解決を宣言したことで佐藤は取り残された。助手としての立ち位置を築く前に謎を解かれたことになる。小園間との衝突を覚悟してまで有能さをアピールしたものの榊が心を許してくれることは無かった。殺される前に事件が解決するのは願ったとおりだが、このままでは結局生きて帰れないだろう。探偵遊戯に参加した部外者を運営が生かしておくとは考えにくい。裏でこっそり殺されるのがオチだ。

島を無事脱出するには〝探偵〟に助けてもらうしかない。結局、誰が〝探偵〟か見抜くことはできなかったが、榊は最有力候補だった。だから積極的にヒントを出したし、そのために危険も冒した。謎解きに貢献したはずだ。

だが、それをこの場でストレートに訴えれば確実に殺される。

小園間と目が合った。睨み返された。もはや、この中年執事が運営の人間であることは確実だ。その運営が一切喋るなと目で告げている。

佐藤はぞっとした。

目を伏せると、白井の部屋で引っ掛かっていた疑問が蘇ってきた。

なぜ、最後に発見される犠牲者が白井だったのか。

雫久はヒロイン役だった。その死は事件のクライマックスとも言える。あまり目立っていない白井の死体が後で発見されても劇的な効果は皆無だ。

第一、白井の殺害自体が余計だ。

怪文の三行目は、「最後に彬光くびを掬ぐ」。

雫久の死が連続殺人のラストだと明示している。

違和感はまだある。

白井殺しによって乱歩絡みの殺人だけ二件になった。収まりが悪い。しかも白井殺しのトリックはオリジナルの手口そのままで捻りがない。

疑問は新たな疑問を呼び起こす。

白井は目立たなかったが、それは結果論であって、少なくとも「佐藤」よりは遥かにキャラがついている。一番初めに殺されてもおかしくない自分が殺されずに済んで、御影堂の専属医師が物語とほとんど絡まず、後から唐突に死体で発見された。おそらく探偵遊戯にはシナリオライターがいるのだろうが、ポンコツ過ぎはしないか。

榊の解説が山根殺しに移る。

「山根殺害の逆密室も香坂さんが虚偽の死亡推定時刻を告げることで簡単に作り出せます。朝食後、山根の部屋で彼を殺した後、窓から死体を外に落とす。山根の部屋は崖に面していませんからね。それから香坂さんは正面玄関を堂々と出て、沼で『犬神家の一族』を再現し、また悠々と正面玄関から戻った」

「本当かな」

佐藤はごにょごにょと小さくつぶやいた。

改めて考えると、香坂が犯人という「真相」にも無理がある。香坂は年配で大柄でもない。太った山根の死体を逆さにして沼に突き刺すなんて芸当が一人でできるだろうか。

元法医学者という経歴も噴飯ものだ。死亡推定時刻を扱うなら医師である白井の方が適任なのに――。

はっとした。

本当は、白井が犯人だったのではないか。香坂の動機は十中八九亡くなった娘に関するものだ。その背景は、そっくりそのまま白井にも移行できる。白井が犯人なら全てすっきりする。

では、なぜ白井ではなく、香坂を犯人にしたのか。

何かしらのアクシデントにより白井を犯人にできなくなった。白井が死んでいたことアクシデントに関係があるとすれば、不自然な四件目の殺人も腑に落ちる。

「そして、手紙の三行目になぞらえた殺害現場」

榊の解説が雫久殺しに差し掛かった。

「犯人は雫久の首を切断した後、神将像の首を使って密室を作った――」

思えば、雫久も哀れだ。

佐藤は目を閉じた。憐れみの目を向ける雫久の顔が浮かんだ。

騙す側だと思っていた雫久。しかし、自分もまた騙されていたのだ。そのネタバラシは死をもって与えられた。味方ではなかったが、〝探偵〟の存在を教えてくれたのは彼女だ。雫久がいなければ、榊に取り入ろうという発想にもなっていない。

彼女の恩に報いるためにも生きて帰る。それは身勝手な考えだろうか。

――間違えなきゃ、こんな想いしないで済んだのに。

あの時の雫久に嘘や偽りは無かった。

彼女と本音で話す関係になったのもアクシデントがきっかけだ。

「……」

息が止まった。

白井の死。雫久の勘違い。

アクシデントは——他にもあったのではないか。

2

榊の推理を聞きながら小園間は達成感に包まれていた。

白井の部屋では佐藤のせいで肝を冷やしたが、榊の謎解き宣言により真鍋の佐藤排除が寸前で止まった。残りはもうほんの少しだ。佐藤の出る幕などない。このまま大団円を迎えられる。

「白井さんの殺害はすでに明らかになっているとおりです。香坂さんは隣の空き部屋から天井裏に忍び込み、寝ている白井さんの口に毒を垂らした」

白井殺しの解説は短かった。

それでいい。

あとは惚ける香坂に決定的証拠を突きつけるだけ。雫久を殺した後、着替える時間が無かった香坂にガウンを開かせれば、雫久の返り血が現れる。単純明快で美しい証拠だ。

「確かにトリックの説明はつきますが、どうして私がお嬢様たちを殺さないといけないのでしょう」

香坂が動機の説明を求める。

「娘さんを自殺に追い込んだ者たちへの復讐(ふくしゅう)です」

榊はぴしっと言い切った。

香坂が口を真一文字に結ぶ。

榊は神妙に語り掛けた。

「古典ミステリーを絡めた連続殺人と密室トリック。失礼ですが、香坂さんが考えつくものではありません。しかし、娘の紀里子さんは私も所属するミス研のメンバーでした。ミステリーを愛するだけでなく、彼女自身もミステリーを書いていた。昨夜から起きた殺人劇は娘さんの作品を再現したもの。あなたは娘さんを死に追いやった者たちを娘さんのアイデアを使って殺すことで復讐を果たした。違いますか」

「そうですねえ。確かに――」

香坂は娘の自殺を巡る過去について話し始める。

娘の紀里子は恋人に浮気され、捨てられた。その後、慰めてくれた男に体を許すが、その男もまた弱った彼女の隙につけこんで遊んだだけだった。憔悴した紀里子はさらなる追い打ちをかけられる。妊娠が判明したのだ。知り合いの医師に相談すると、冷たく堕胎を勧められた。その医師は恋人を寝取った女の父親に雇われていた。恋人、友人、大人。信じていた者たちに裏切られ、絶望した彼女は自ら命を絶つ。

香坂は娘と孫を一度に失くし、心を病みかけた。すると、ある日、娘の部屋で小説の原稿を発見する。小説は、以前訪れた奇岩館を舞台に、自分を踏みにじった四人が殺されていく物語だった。登場人物は全て実名で描かれ、殺されるのは、雫久、山根、天河、白井。紀里子の心を弄(もてあそ)び、死なせた連中だった。

小園間は香坂の独白をじっと聞いていた。

改めて聞くと、引っ掛かる部分もあるが、トリックが成立していれば、動機の穴はなんとかなるだろう。それに、決定的証拠が華麗に決まれば、それなりにまとまる。

「私には動機がありますねえ。娘の力を借りれば、連続殺人もできるでしょう。ですけどねえ。どれも榊様の想像ですよねえ。私が犯人という証拠は一つもありませんねえ」

香坂が決定的証拠に誘導する。

一言で勝負が決まる爽快感。対決型のミステリーに最良のラスト。

小園間は期待の目で榊を見た。

「証拠ならありますよ」

榊が眼鏡のブリッジを押さえた。

よし、来い！

「ちょ、ちょっといいですか」

間の抜けた声が割り込み、最高の瞬間を台無しにした。

「さ、佐藤様！　空気を読んでください！」

さすがに堪らず、大声を出した。

「すいません。どうしても気になっちゃって」

佐藤は頭を掻きながら詫びる。

コロンボにでもなったつもりか、どアホ！

「確認ですけど、紀里子さんを捨てた元恋人が山根さん、紀里子さんから山根さんを奪ったのが雫久さん、傷心の紀里子さんを妊娠させたのが天河さん、ということで合ってますか」

「え、ええ……そうですよ」

香坂が反応に困っている。

「うーん、変じゃないかなあ」

佐藤は腕を組み、露骨に疑念を示した。

「変と言われましても……」

香坂が詰まる。

食堂で追及された時の悪夢が蘇ったのだろう。

「こんな事言ったら怒られるかもしれませんけど、山根さんを女性二人が取り合うとは思えないんですよね」

「え？」

香坂の目が点になる。

「山根さんかなり陰気だったし、見た目も別にモテそうな感じじゃなかったし」

「それは……」

香坂が絶句する。

「ルッキズム！　ルッキズムですよ、それ！」

小園間は慌てて介入した。

「人を見た目で判断してはいけません！　それに私は山根さんが陰気だとは思いませんでしたよ。むしろ人としての器の大きさを感じました。ねえ、榊様？」

「え、まあ……そうですね」

榊が小さく頷く。

「山根さんとそんなに深く話したんですか？　いつ？」

佐藤が不思議そうに聞いてきた。

お前は、何が狙いだ！

そう一喝したかった。

「部屋にお連れした時など。色々です」

我ながら幼稚な答えだと小園間は恥じた。

赤面しそうになりながら睨んでいると、佐藤は天井を仰いだ。

「白井さんは堕胎を勧めたから殺されたんですか」

「……ええ」

榊と香坂が同時に答えた。

瞬時に香坂はミスを悟り、顔面蒼白となった。まだ罪を認めていない香坂が同意するのはおかしい。

しかし、佐藤は香坂のミスを流して呑気に言った。

「堕胎を勧めて殺されるとなると、産婦人科は大変ですね」

おのれ――。

脇汗が止まらない。

すると、袖でアラーム音が鳴った。

応接間に緊張が走る。

イヤホンを取らずともわかる。

今度ばかりは小園間も雅に同意せざるを得ない。

「天河さんと白井さん。なぜか、乱歩だけ見立てが二回使われているのも妙です。榊さんは気になりませんか」

佐藤の矛先は榊に向いた。

榊は眼鏡を直しながら熟考する。

「……歪な印象は受けますね。ただ、犯人の思考の歪さと繋がっているとも言えます」

「意味がわかりません」

佐藤は一蹴した。

「な……」

榊は秀才らしからぬ動揺を見せた。

小園間が口を挟む。

「たたたた、たしか……香坂さんの娘さんは乱歩が特に好きでしたよね」

無様。なんと無様な切り返しだ。

顔が熱くなった。

「そ、そうでしたねえ」

言いながら香坂は額の汗を拭いた。

もう限界だ。

小園間は真鍋と視線を絡めた。

くそっ。もう一歩なのに――。

フィナーレを余計な血で汚すのか。

「わかりました」

急に佐藤が引いた。

緊張の糸が一気に緩む。

誰も言葉を発せない中、佐藤が静かに言った。

「榊さん、最後に教えてください。僕が犯人である可能性を考えましたか」

佐藤に見つめられ、榊は俯いて眼鏡を直した。

「……もちろん、あらゆる可能性を考えましたよ」

「僕がどんな人間かわかっていますか」

「……どんな？」

「僕について知っていることは？」

榊が答えに窮するのを見て、小園間は身構えた。

佐藤がまた爆弾を落とすのではと怯えた。

しかし、佐藤は哀（かな）しそうに榊を見つめ、やがて肩を落として黙った。

まさか――。

小園間は想像を必死に振り払った。が、消すことはできなかった。佐藤の急変。妙な行動。どれも説明がついてしまう。

こいつ、〝探偵〟の存在を知ったのか。

探偵遊戯の全貌にも気づいているのか。

馬鹿な。あり得ない。どうやって知るというのだ。

「あ……」

声が出た。

頭には司令室での一コマが浮かんでいる。その瞬間を見ていた。見ていながら下衆な笑いで流していた。

理由。きっかけ。内容。どれも不明だが、佐藤は雫久から探偵遊戯の舞台裏を聞いている。

「榊様！」

小園間は叫んだ。

「香坂が犯人だという証拠でもあるんですか！」

押し切れる。そう踏んだ。

生き延びるため〝探偵〟を味方につける。佐藤がそう企んでいるとしたら、シナリオを破綻させる意図は持っていないはずだ。だから、ずっと寸止めの指摘を繰り返してきた。だが、佐藤は追い詰められている。舞台裏も知っている。そして、今はっきりと絶望した。気づいてしまった。舞台裏のさらに裏を。少しでも時間を与えれば、次のアクションに打って出るだろう。そのリスクは計り知れない。

「ありますよ」

榊は改めて眼鏡のブリッジを押さえる。

小園間の目は俯いた佐藤に固定されていた。

動くな。何もするな。

「雫久は首を切られて殺された。かなりの血が出たはずです」

言って、榊は香坂を指さす。

「着替える時間は無かったでしょう。だから、今でも残っているはずです。そのガウンの下に！　大量の返り血が！」

香坂が微かに笑って、ガウンを開いた。

血に染まった服が現れる。

決まった。やり遂げた。

どうだ、ざまあみろ！

小園間は内心で吠えた。

その瞬間、目の前を影が走った。

佐藤だった。

椅子や人をかき分けて、窓に向かって走っていく。

「佐藤様！」

誰も止められなかった。

佐藤は窓を突き破り、断崖の下に消えていった。

3

漆黒の海は冥界を彷彿とさせた。

佐藤は海面から顔を出し、無我夢中で息を吸った。

奇岩館は遥か頭上。館の明かりは崖下まで届いていない。

幸い岸壁に衝突せず着水できたが、海面に打ちつけた右足の感覚は失われている。

いつ海に呑み込まれてもおかしくない。無謀な賭け。それでも飛び込むしかなかった。

なぜなら――。

あの中に〝探偵〟はいなかった。

初めから生きて帰る方法など存在しなかったのだ。

雫久に〝探偵〟の存在を聞かされた直後から違和感はあった。

〝探偵〟候補の筆頭である榊と日々子。彼らはずっと探偵にあるまじき行動を取っていた。だから最後まで〝探偵〟の正体に確信を持てなかった。安楽椅子探偵の存在まで疑った。

しかし、結局は榊が「事件」を解決した。慌てた。至急、榊に媚びを売ろうとした。が、彼に食い込もうとすればするほど、嫌な予感が広がった。

杞憂に違いない。そう願って榊に質問した。

――僕が犯人である可能性を考えましたか。

――僕がどんな人間かわかっていますか。

どちらの問いにも榊は言葉を濁した。

当然だ。榊は、これまで佐藤に質問すらしてこなかった。日々子もそうだ。彼らは初めから佐藤を考慮の外に置いていた。〝探偵〟の態度としては不自然だ。〝探偵〟は大金を払って推理ゲームに参加している。その登場人物に話を聞こうとしないなどあり得ない。にもかかわらず、最終的に連続殺人の謎を解いたのは榊だった。

佐藤の予感は確信に変わった。

〝探偵〟でない者が謎を解く。つまり〝探偵〟は存在しなかったことになる。

波が顔にかかり、咳き込んだ。

ここで死ぬのは苦しそうだ。そう思うと涙が出た。

失敗だった――。

自分の取った行動全てを後悔する。

徳永を捜そうとしなければ。闇バイトなどに近寄らなければ。こんな島に来なければ。

中途半端に真実を知り、コマでいることを拒否した結果、存在しない〝探偵〟を探し、何も知らないまま死んでいく。騙された雫久を憐れんでいたのが恥ずかしい。自分も同等に愚かだった。

「……？」

雫久の笑顔が脳裏をよぎった。

なぜだ？

恋心？　憐憫？　恨み？

違う。記憶だ。

この島を訪れて初めに抱いた違和感――。

思考を伸ばしたところで大波に身体ごと呑み込まれた。もがこうとして腕も動かなくなっていることに気づく。漆黒の世界で方向感覚を失う。身体がどこまでも沈んでゆく。

――以前にもいらっしゃったことがあるそうですね。

――治定さんとは手品仲間でして。

雫久と誰かの声が断片で蘇った。

いつの会話だ？　相手は誰だ？

――へー、見事だな。

朗らかな男の声。

そうだ。思い出した。

榊が応接間で推理を披露している間、一瞬摑みかけた真相。あの時は指の隙間から逃げてしまったが、戻って来てくれた。

身体は動かない。が、脳は高速で回転した。

白井の死で運営はパニックを起こしていた。不格好なシナリオからもそれが読み取れる。しかし、シナリオの歪さは白井の存在とは無関係の箇所にも及んでいた。ということは――。

白井の死以外にも大きなアクシデントが起きた？

沈みゆく身体を離れ、佐藤の意識は奇岩館を上空から俯瞰していた。

〝探偵〟は初めから存在していなかったのではない。何らかのアクシデントにより途中で消されたのだ。

佐藤の記憶は二階の談話室に飛んだ。

奇岩館に来て早々、佐藤は雫久と天河の会話に違和感を覚えた。

御影堂治定の手品仲間である天河は幾度も奇岩館を訪れていると話していた。だが、談話室の神将像を見た天河の反応は初めて見る人間のそれだった。

天河の背景情報と行動が一致していない。

お調子者だったとしてもバイトにそんな振る舞いが許されるとは考えにくい。それでも天河は死ぬまで奔放に振る舞っていた。

佐藤の意識は昨夜の自室に移る。

ソファでまどろんでいるところに天河がやって来た。

――寝ちゃいました？　せっかくなのでお話ししませんか。

佐藤に無視された天河はそのすぐ後に殺された。

彼を部屋に入れていれば救ってやれたのか否か。問題はそこではない。

天河だけが唯一、佐藤に話を聞こうとした人物だったのだ。

記憶が仮説に集約される。

そう。最初に殺された天河怜太こそが〝探偵〟だったのではないか。

今さら証拠集めなどできないし、意味も持たない。しかし〝探偵〟である天河を犠牲者に変更したとすればシナリオの乱れにも説明がつく。

自分語りが多く、うるさい、ウザい。天河の立ち居振る舞いは好奇心旺盛で自己顕示欲の強い〝探偵〟そのものだった。思えば、最初の会話からして鬱陶しかった。

――天河と言います。下の名前は怜太。残念ながら『河』は濁っています。

どうでもいい自己紹介。

「てんかわ」ではなく、「てんがわ」。珍しい読み方なのだろうが、念を押されても反応に困るだけだ。

ふいに顔が空気に触れた。海面まで身体が浮いていたようだ。

獣のように息を吸い、肺を空気で満たす。脳に酸素が行き渡る。

ある言葉が引っ張り出された。

アナグラム――単語の文字を並び替えることで別の単語を作る言葉遊び。

いやいや、そんなはずが……。

半信半疑で「てんがわれいた」の文字を組み替える。

てがんわれいた、がんてわれいた、わてんがたいれ……。

われがたんてい

頭が沸騰した。

ふざけやがって！

初めから名乗っていたってのか！

こっちは「佐藤」だってのに。

腹は立ったが、〝探偵〟を特定すると、無個性の「佐藤」が殺されなかった謎も解ける。

代わりに天河が殺されたのだ。

当初の計画では、佐藤が第一被害者のはずだった。だから、何も教えられず、ただ黙っていろと指示された。すぐ死ぬ人間だ。詳細な情報を伝えても生かす場面がない。情報漏れを防ぐ方が優先される。

面接で確認されていたのは、ミステリーに詳しいか否か、身寄りがあるか無いかだけだった。クルーズ船で同乗していた面子と照らし合わせると、「佐藤」は元々ミス研のメンバーという設定だったのだろう。

その場合、雫久と紀里子を巡る人間関係も変わってくる。

当初はミス研内のドロドロした愛憎に端を発する連続殺人として完結していた。

雫久と浮気し、紀里子を捨てたのが佐藤。失意の紀里子に手を出して妊娠させたのが山根。山根は普段陰気なくせに紀里子の傷心に付けこみ関係を持った。それならば、山根の卑劣さ、姑息さが際立つ。しかし、急遽、犠牲者が入れ替えられたことで山根がモテ男の設定になってしまった。

そして、佐藤は宙ぶらりんのまま放置された。運営側の人間ではないから細かい振付をし直すこともできない。仕方なく運営はどうとでも言い繕える「旅行者」という設定を与え、探偵遊戯が終わるまで脇役として置くことにした。

雫久が佐藤を〝探偵〟と間違えたのもそれが原因だ。殺され役でもある雫久は段取りの変更を聞かされていなかった。本来なら悲鳴を上げた雫久のもとに駆けつけるのは天河だったのだろう。しかし、天河は殺されることになり、おそらく部屋も入れ替わっている。天河の部屋は佐藤の部屋よりも奥。応接間の悲鳴は届きにくい。〝探偵〟なら佐藤の部屋に入るはずだ。

シナリオの乱れに説明はついた。

しかし、大きな謎が残っている。

なぜ〝探偵〟の天河が殺されたのか――。

あらかじめ佐藤の設定が変わっている以上、事故や間違いではない。

運営が故意にクライアントを殺す理由。考えられるとすれば、別のクライアントからの指示だ。

そいつは館内にいたのか。

思い当たる人物はいる。

榊と日々子はおそらく運営側の人間だ。榊は天河の代わりに探偵役を務め、日々子はヒント役だった。あともう一人――何の役割も果たしていない人物がいる。

謎はまだある。

佐藤にとっては、こっちの方がよほど重要だ。

なぜ、小園間たちは〝探偵〟が死んだ後も必死にシナリオを完遂しようとしていたのか。

口内に潮水が浸食してきた。

隠されていた真の謎には辿り着いた。

しかし、その答えを推理する余力は残っていなかった。

急激な眠気。時差ボケのせいではない。

俺を捜してくれる奴はいるのだろうか――。

佐藤は音もなく海に沈んだ。

4

小園間は跳ねるように廊下を進んだ。

一つだけでも破綻に繋がる大きなアクシデントが二つも重なった。食材の仕入れミスや排水の故障など細々したハプニングもあった。それでもやり遂げたのだ。

執事室に入り、隠し扉を開ける。

もう隠すこともない。開けっ放しに設定する。

司令室に入ると、磐崎が「お疲れさまでした」と会釈した。

カーは小園間を無視して別件の原稿作業に夢中だ。

「お疲れ様」

小園間は笑顔で返し、雅の前に立った。

労いの言葉を待つ。その権利が今はある。

「最後のアレ、何？」

雅の声は冷たかった。

「佐藤のことですか」

「どうして突然、自殺するのよ。意味が不明だわ」

佐藤の奇行は、雫久の死を受け入れられず、自殺したとして強引にまとめた。

「本筋からズレた行動ではありますが、復讐が新たな悲劇を生んだとも言えます」

小園間は抗弁に力を込めた。

上手く処理したと自負していたし、他のキャストからも概ね好評だった。

「どこがよ。破綻したって突っ込まれるんじゃないの？　まあ、終わってしまったから、どうしようもないけど」

どうしようもない？

考え得る限りで最良の着地がどうしようもないだと？

扉が開き、真鍋と香坂が戻って来た。真鍋はワインボトルを持っている。

「クライアントの所には？」

ワインを見て、雅は話題を変えた。

「この後、向かいます」

踵を返そうとした小園間に雅が言い放った。

「追加費用の件、承諾させなさいよ」

「え？」

思わず不信が顔に出た。

金額交渉は雅の仕事だ。現場の人間に命じるなどお門違いも甚だしい。

「これだけ面倒が増えたんだから当然でしょ」

「費用の話は済んだのでは？」

「足りなかったと言えばいい。実際、ハプニング続きだったんだから」

「私に言われても困ります」

今回の急なシナリオ変更はクライアントの要求を唯々諾々と受け入れたことで起きた。決定したのは雅だ。

「殺しても殺さなくても、どっちにしたって今回でリピーターを一人失うのよ。だったら単価を上げるしかないじゃない。ただでさえ、売上が落ちてるんだから」

「決定には従います。ですが、価格交渉は現場の仕事ではありません」

「これも交渉のうち。現場のあなたから言った方が説得力を持つのよ。香坂さんにボーナス払ってあげたいでしょ」

こめかみが熱くなった。

香坂に顔を向けると、不安そうな視線が返ってきた。

「行って」

雅がだるそうに椅子から腰を上げた。話は終わった。そう暗に言っている。

胃痛がぶり返す。小園間は耐えて、雅の前に立ちはだかった。

「ボーナスは決定事項です。料金交渉とは関係ないでしょう」

「あのね。ビジネスなの、これは。報酬を増やしてほしければ利益を出しなさい」

「香坂さんに空手形を切ったんですか」

「私に責任を押し付けないで。あの時、私が同意しなきゃ、その人は動かなかったじゃない」

二回り近く年上の香坂を雅は顎でしゃくった。

「わかったなら、交渉で――」

「道具扱いはやめて頂きたい！」

抑えてきた感情が怒号となって腹の底から出た。

気圧された雅は、しかし、すぐに立場の力で押し切ろうとする。

「誰に物を言ってるの」

「ここにいる者たちは自分の仕事を全うしました。仕事が残っているのはあなただけです。ご自分の仕事をされたらどうですか？　仕事ができない人間は誰だろうと、ここには必要ありませんよ」

「そこまで言うからにはクビも覚悟してんのね。会社を去るということは――」

「命の危険を冒すつもりなぞ、さらさらありません。他の支部に転属願いを出します。現場はどこも人手が足りませんから」

「万年最下位の支部が偉そうに。誰が立て直してやってると思ってんの？」

雅は香坂や真鍋、磐崎たちを見回した。

皆、目を逸らしている。

「上司に反抗的なだけのお荷物スタッフ。配属先は一体どこでしょうね」

雅の口元が歪んだ。

時間の問題だった。シナリオの出来以前に、この上司はどこかで内部から破綻させる。それが今日だっただけだ。

だが、転属は早計だったかもしれない。

降格。冷遇。減給。

小園間は惨めな環境を想像し、肩を落とした。

「私も転属願いを出します」

震える声が耳の脇をすり抜けた。

小園間は事態を把握できず、遅れて振り返った。

真鍋がワインボトルを握りしめていた。

「私もそうします」

隣の香坂が手を挙げた。

オペ卓の椅子から磐崎が立ち上がった。

「技術部からも一人、お願いします」

鼻の奥がつんとした。

胃痛は耐え難くなっていたが、構っていられない。

小園間は雅に対峙(たいじ)した。

「替えのきくスタッフは経費削減を理由に他所へ送られてしまった。我々が抜けても続けられますか？　あなたの言う立て直しとやらが」

「……何も知らないくせに」

雅が眉を吊り上げた。

「ここの悲惨な状況を理解できないから、そんなお気楽なこと言っていられるのよ！」

「お気楽？　香坂さんの説得を私に丸投げしたのは誰ですか。自分は金払いを了承するだけ。しかも空手形だった。それが、あなたの仕事ですか」

雅の顔が醜く歪んだ。

わかってもらおうとは考えていない。期待もしていない。

ただ、言わずにいられなかった。

「役に立たないだけじゃない。あなたは二度も呼び出し音を鳴らした。無線での呼び出しは緊急時のみですよ」

「……緊急だったでしょ」

「現場の人間全てが状況を把握していました。緊急でも何でもない」

「あの佐藤って子をさっさと始末しないからよ。判断が遅いの。由々しき問題だわ」

「今後も同じことをするつもりですか。無線の存在を知られたらどうするんです？」

「……」

雅は言い返そうとするが、できるはずがない。自ら破綻を招くミスを繰り返していたのだ。

「本末転倒ね」

雅は腕組みをして、見下すように顎を上げる。

「上の手を煩わせといて、ここぞとばかりに不平不満？　そう、わかったわ。経費削減だけじゃダメみたいね。現場スタッフの教育もしないと」

「三年でいい」

小園間は宥めるように言った。

「はあ？」

「そういうことは現場を経験してから言ってください」

雅はみるみる蒸気した。

「覚え……」

雅は言いかけたまま乱暴に椅子を押しやり、部屋を出て行った。

「……さて」

小園間は言葉に出して気持ちを切り替えた。

不安そうにしている真鍋の肩をポンポンと叩く。

香坂と磐崎に目礼すると二人は苦笑した。

「先生、うるさくしてすいませんでした」

カーにも声を掛けた。

相変わらずノートパソコンに向かっている。

「本当だよ。こんな辺境に閉じ込められてるんだから、せめて集中できるようにしてほしいもんだ」

この先生とだけは、わかり合えないな。

小園間は鼻白みつつ頭を下げた。

「申し訳ございません」

「ったくさあ。こんな仕事に熱くなってどうすんだよ」

カーの嫌味に誰も反応しなかった。

雅に向けた怒りとは異なる虚無感のようなものが部屋を支配した。

ふと真鍋が奥の扉に目をやった。

「大丈夫だったでしょうか」

雅に言い過ぎたと後悔しているようだ。

「ショックは受けていたみたいだけどね。でも、あの人にはまだ仕事が残ってる。今はそっちに集中してもらわないと」

言って、小園間は真鍋の持って来たワインボトルを受け取った。

「私も最後の仕事をしてくるよ」

無人となった奇岩館は静まり返っていた。

小園間は高級ワインを持って二階に上がった。

雅に言われた交渉などするつもりはない。あくまで自分の仕事をする。

客室のドアをノックすると、しわがれ声が入室を許可した。

部屋には風呂、トイレ、キッチンが完備され、少し手狭なリビングには高級酒が並んでいる。そのうち数本の栓が抜かれていた。

「全て終了致しました」

小園間が深々と礼をすると、ソファに座っていたクライアントは「そうですか」とだけ答えた。

部屋の中ではサングラスもマスクもしていない。

船長として奇岩館に入って以来、ずっとこの部屋で待機していた。

「ご滞在はいかがでしたでしょうか」

「快適でした。ありがとう」

もちろんクライアントにはもっと豪華な部屋を裏に用意してあった。しかし、息子と同じ空間で過ごすのが自分の義務だと言われ、館内の二階にできるだけラグジュアリーにしつらえた部屋を用意した。

「ワインをお持ちしました」

「ありがとう。あなたも一緒にどうです」

「光栄です」

小園間は食器棚からグラスを二脚取り出し、ワインを注いだ。

クライアントと乾杯し、口に含む。

フルボディ。濃厚で複雑な味わいは、ここ数か月の奮闘に報いてくれる。

「美味しいですね」

クライアントがつぶやく。

「無茶な願いを聞き届けていただき、感謝しています」

「恐れ入ります」

小園間は頭を下げながら想いを馳せた。

この人は今、何を考えているのだろう。

跡取りになるはずだった息子を自らの指示で殺させた父親。その横顔は穏やかで寂しげだった。

「ここへは初めて来ましたが、見事ですね。息子のリクエストですか」

「はい。できる限り、ご希望に沿わせていただきました」

クライアントの息子は探偵遊戯の常連だった。奇岩館の殺人劇はその要望に応える形でシナリオとセットが用意された。費用はいつもどおり父親持ち。本人は天河怜太を名乗り、意気揚々と奇岩館にやって来た。しかし〝探偵〟として謎解きに挑むはずのシナリオは変更されていた。自分が被害者となる筋書きに。

「私はミステリーに詳しくないのですが、急な依頼でだいぶ迷惑をおかけしたでしょうね」

それはもう散々な目に遭いました。

などとは当然言えない。

だが、実際その要求は理不尽だった。探偵遊戯の開始前夜に連絡を寄越し、息子を殺すよう言い出したのだ。小園間たちは慌ててシナリオを修正し、セットや準備物の一部を変更した。予期せぬ白井の「死亡事故」まで発生したことで一時は中断も覚悟した。莫大な金が動いているビジネスの失敗はスタッフたちの職どころか命に関わる。

小園間が黙っているとクライアントはワインをかざした。

「このワインの価値もあいつには理解できない。価値がわからないから金額だけで判断しようとする。全てにおいてそうだった。日に日に浪費が激しくなっていったのも不思議ではありませんでした」

言い訳か。悔恨か。クライアントは誰にも言えない心の内を吐露している。

そう察した小園間はひたすら耳を傾けた。

「情けない話ですが、私にはもう止められなかった。浪費だけなら目をつぶりましたが、ここへの参加についてもあちこちで匂わせ始めた。いや、ご安心ください。具体的なことまでは触れていません。しかし、時間の問題だった。他にもトラブルは数えきれない……」

クライアントは小園間の目を見た。

「あなた、お子さんは？」

「いえ、いません」

「……そうですか」

悲しげに言って、クライアントはワインに口をつけた。

「父親なら全てを失っても子供の味方でいるべきなのかもしれない。しかし、私はできなかった。息子のせいで会社やグループが傾くだなんて想像しただけで、ぞっとする」

そして、リスクを排除することにした。

警察に辿られることなく葬り去るには、息子自ら単身で乗り込む探偵遊戯こそが最良の舞台だった。奇岩館は初めて父子が同行する場となった。息子は時折やりにくそうな顔を見せる一方でどこか上機嫌だった。

「あの青年はどうなりました」

クライアントがテレビを見つめた。

テレビのモニターには応接間が映っている。

佐藤に割られた窓が痛々しい。

つい先ほどの出来事だが、ずいぶん時間が経ったように感じる。

第一被害者のはずだった「佐藤」はシナリオの変更により殺しどころが無くなった。

その時点でただのモブキャラと化したが、登場人物が多くないシナリオでは、モブキャラであってもレッドへリング等に不可欠な存在だ。削るわけにはいかない。ただし、演じるのは誰でもいい。呼んであったバイトを帰し、スタッフを代役に立てる。本来なら、そうすべきだった。しかし、雅が人件費を削ったせいで人手が圧倒的に足りず、バイトを「佐藤」として連れて来るしかなかった。その結果がモニターに映っている。

「彼の最期は予定にあったのですか」

「いえ」

小園間は正直に答えた。

「彼は生きているでしょうか」

クライアントの視線は柔らかい。

ここで一部始終を見ていたのだろう。

小園間は静かに答えた。

「あの高さです。助かりません」

5

身体が内側からめくれるかと思うほど咳き込んだ。

やっと咳がおさまると、今度は腕と膝に痛みを感じた。

視界は闇に包まれている。

どうやら硬く尖った物の上で四つん這いになっているようだ。手探りで調べると、そこは岩場だった。

波に打ち上げられたのか。

近くの島に流れ着いた？　ならば助かるかもしれない。

佐藤は岩を摑んで頭上に顔を向けた。

月明かりに照らされた絶壁。その形状に見覚えがあった。奇岩館の背後を包んでいた岩山だ。

落胆がため息に変わる。

どこかに流れ着くどころか、気を失っていたのはほんの数瞬だった。

力が抜け、岩場に座り込む。

すると、視界の端で何かが動いた。闇の中でオレンジ色の光がいくつも激しく揺れている。

目を凝らす。

光は不規則に激しく揺れ、形が変わる。反射光……海面に反射した光。オレンジ。暖色。月明かりではない。

佐藤は心許(こころもと)ない岩場を伝い、光の方へ進んだ。

突如、岸壁の陰から光が差した。

決して強くなかったが、闇に慣れた目を刺され、佐藤は首を引っ込めた。

再び覗く。見えたのは照明だった。

現れた光景に佐藤は息を呑んだ。

波に浸食されたのか、岸壁の下部が大きくえぐれ、それを庇(ひさし)のようにしてクルーズ船が数隻停泊している。どれも佐藤が乗って来たクルーズ船より遥かに豪華だ。周囲の照明に照らされて輝いている。

岩山の形状から察するに、ここは奇岩館の真裏だ。

運営の奴らか？

クルーズ船には人影があった。酒を飲んで寛(くつろ)いでいる。

船を奪って逃げる。可能だろうか。操船方法など知らない。が、引き返す場所はなかった。

佐藤はクルーズ船に近づいた。えぐれた岸壁は人の手が入り、波止場のように整備されている。見つからないよう隠れながら無人の船を探した。どの船も人が乗っている。油断し切ってはいるが、奪うのは無理だ。

次のプランを考えようとして、佐藤の目は数メートル先の岩壁に釘付けとなった。

人間二人が通れるほどの洞窟。深くて奥を見通せないが、煌々と照明が続いている。

佐藤は洞窟を進むことにした。

むき出しの岩に囲まれた洞窟は息苦しさを感じさせた。が、二十メートルほど進むと鉄筋コンクリートで整備された通路に変貌し、床には赤絨毯が敷かれていた。通路はなだらかな上り坂となっている。壁には写真が並んでいた。

白黒写真をポスター大に引き伸ばしたパネルで、いつの時代に撮られたものかは不明だが、質感からしてかなり古そうだ。

一枚目の写真には、額に斧が刺さって死んでいる外国人男性が写っていた。隣の写真には、木にぶらさがる三人の女性。首を吊られて死んでいた。

写真は延々と飾られている。

車椅子の上で焼死している女性。玩具の銃をくわえたまま後頭部が破裂している老人。目と口から花が咲いている死体。

写真は途中からカラーに変わった。

身体をバラバラにされ、日時計の文字盤に使われた男女。ゴヤの黒い絵になぞらえた十四体の死体。牛にまたがった首無し男。

日本人らしき死体も散見するようになった。

どれも映画のワンシーンを切り取ったようで作り物に見える。佐藤も数日前に見ていたらそう感じただろう。だが、今は違う。

これは探偵遊戯の記録だ。

佐藤が生まれる遥か以前から行われてきた裏社会のビジネス。その記録が装飾品のように並べられている。妙な感覚だった。どこかで似たような光景を見た気がする。

佐藤の足が止まった。

塔らしき建物の前に立つ男性。その頭上に巨大な発光体。他の写真と異なり、陰惨さは感じられない。

しかし、見ているうちに佐藤の呼吸が荒くなった。

光っているのは塔の明かりを反射した巨大な氷だった。しかも、男に向かって落下している。その後の惨事は想像に難くない。

「あいつら！」

佐藤は写真を取り外し、床に叩きつけた。

怒りで我を忘れた。

落下する巨大氷の下に立っているのは徳永だった。

やり場の無い怒りは写真に向けられた。

目についた写真を次々叩き落としているうちに佐藤は思い出した。奇抜な殺害現場を撮った写真の数々。それらを眺めながら歩く通路。人によっては足を止めるかもしれない。待ち時間を飽きさせない配慮――まるでテーマパークだ。

「おい！」

怒鳴り声。続いて、数人が駆けて来る足音。

佐藤は我に返った。

船にいた男達が向かってくる。

佐藤は通路の奥へ走った。

岩山はおろか奇岩館にも不釣り合いな自動ドアに出迎えられた。

開き終わるのを待たず、飛び込む。

別世界が広がった――。

屋外ライブに設置されるような巨大モニター。奇岩館の客室や食堂、応接間などが分割画面で映し出されている。かと思うと、雫久の部屋が大映しになった。雫久の死体を背にして香坂がドアに人形の首をはめている。殺害直後の記録映像だと佐藤はすぐに察した。

壁に沿って歩きながら視線を周囲に向ける。奇岩館とは真逆の近代的なフロア。パーティー会場のようにテーブルが並び、大勢の人が料理や酒を手にして談笑していた。

顔は仮面で隠している。

「お酒のメニューもございます。ご希望の際はスタッフにお申し付けください」

モニター前に立つ派手な着物の女がアナウンスした。胸元が大きく開かれ、長い髪を自然に下ろしている。

「さて、ミステリーファンの皆様。間もなく、キャストがこちらへ参ります。どうぞ、ご自由にお話しください。謎解きの過程をお尋ねになるのも一興かと存じます」

そういうことだったのか——。

腑に落ちた。

全て観劇されていたのだ。

探偵遊戯はクライアントの〝探偵〟だけでなく、〝観客〟もゲストとして招いていた。だから〝探偵〟を始末しても殺人劇を続けた。殺人現場がモニターに映っているところを見ると、倒叙ミステリーとして楽しんでいたのだろう。

「限りなくスナッフムービーに近いけどな」

佐藤は暗い笑みを浮かべた。

「アレじゃないか」

自動ドアの前で追っ手たちがこちらを指している。

捕まれば、記録されることもなく、消される。

気持ちは折れていた。もう逃げる場所がない。死ぬのは嫌だが、これまでだって積極的に生きてきたわけでもなかった。ずっと自分はコマだと自認していた。使い捨てられるのがコマの役割だ。
しかし、佐藤は走った。
わずかに残っていた反抗心が足を動かした。〝観客〟たちの前へ――。
脇腹に衝撃が走り、身体ごと持っていかれた。
男が抱き着いていた。
誰だ？　追っ手はまだ後ろのはず。
佐藤はまとわりつく男の顔を押し上げた。
小園間だった。
「貴様ぁぁぁ」
佐藤の手で顔を潰された小園間が低く咆哮した。
「余計なことをするなと……言っただろぉぉ！」
小園間は佐藤を壁に押し付けた。疲労困憊の佐藤に抵抗する力は残っていない。
追いついた男たちが佐藤を両脇から締め上げる。
完全に動けなくなった。
「司令室に連れていけ」
小園間が息を整えながら指示した。
追っ手たちに引きずられる。

その先で待っているのは死だ。

が、自分でも意外なほど佐藤は絶望していなかった。むしろ興奮している。壮大な非日常。挑戦的な謎。ここに来て以来ずっと不安と恐怖に苛(さいな)まれていたが、同時に刺激的だった。そして遂には奇岩館の秘密に独力で到達したのだ。

無様な格好で拘束されても高揚感は消えない。

我ながら狂ってるな。

佐藤はニヤリとして、〝観客〟を見渡した。

生き残る——それはもはやゲームと化した。サバイバルでありながら生死は二の次。ひたすら思いつく手を打つことに意味がある。

「ミステリーファンの皆さん！」

佐藤は唯一動かせる口を使った。

「こいつ！」

小園間が喉に手を伸ばす。

佐藤は締め上げられる前に叫んだ。

「皆さん、騙されてますよ！　なぜなら——」

6

小園間は仁王立ちで睨み続けた。

椅子に拘束された佐藤は身じろぎもしない。

もう五分はこうしている。はらわたは煮えくり返っているが、衝動的に動くのはまずい。

観劇フロアに駆けつけた時はさっさと殺すつもりだった。しかし、佐藤が〝観客〟たちに吐いた言葉のせいで思案が必要になった。このまま佐藤を殺せば、彼らからクレームが入るかもしれない。大半は気に留めないだろうが、騙されていると言われたら放っておけない者もいる。数千万円単位で支払っている上客たちのクレームは少数でも決して無視できない。

佐藤もこちらが話し出すのを待っている。沈黙の中、キーボードを叩く音だけが響いていた。バイトを司令室に入れるのは異例だが、カーは全く気にしていない。どこまでも他人事なのだ。

スタッフ詰所から男女二人が出てきた。

「お疲れっすぅー。シャワー入っちゃいましたけど、いいっすよねー」

軽薄な物言い。状況を理解できないのか。

「構わないが、パーティーが終わるまでは『榊』として振る舞えよ。今日はお前が主役なんだから」

小園間は背を向けたまま答えた。

「なるほどですね。オッケーでーす。あえいうえおあお」

榊は適当な発声練習をして奥の扉を出ていった。

軽薄な男にミス研の秀才を演じさせる。その不安は大きかった。当初は複数いるヒント役の一人として最低限の台詞を喋る役回りだったが、〝探偵〟を殺すことになり、急遽主役に抜擢(ばってき)された。本人はやる気だったものの信用できるはずもない。とはいえ、立派にやり遂げたと言っていいだろう。評価せねばなるまい。

険のある女の低い声がした。

「なんで、そいつがここにおんの？」

「緊急避難だ」

この不愛想な女にも背中で返す。

「うち知らんで」

「さっさと接客して来い」

「ホステスちゃうぞ、こら」

吐き捨てて、女が出て行った。

「蒲生……日々子さん？　キャラが全然違う……」

佐藤が唖然とする。

「驚いたか」

小園間が訊くと、佐藤は表情を引き締めた。

「それほど驚いているようには見えないな。お前、知っていたのか」

「――探偵遊戯のこと？」

佐藤はあっさりと吐いた。

「どこで知った？」

「……」

「黙っていても結末は変わらんぞ」

「そうかな。島に来てから知ったのか、来る前から知っていたのか、あんたらにとっては大きな違いだろ」

「知ったのは、ここに来てからだ」

「なぜ、わかる？」

「お前の様子だ。ある時から別人のように豹変した。その直前に知ったんだろう」

「様子だけで推理ねえ」

「推理じゃない。経験だ。踏んでいる場数が違う。誤魔化しは時間の無駄だぞ」

「こっちはいくらでも時間あるんだけど」

開き直りとも取れる佐藤の態度。

面倒なことになった。このままでは硬化する。

小園間はさりげなく腹を押さえた。

先ほどから激痛に襲われていた。

「正直に話せば助かるかもしれないだろう」

胃痛を悟られないよう表情を殺す。

「殺人集団を信用しろと言われてもね」

佐藤は取り合わない。

依存心をくすぐっても駄目か。前のように威圧で済ませるのは難しいようだ。

「ゲスト達が騙されているというのは、何のことだ？」

「あなた達はヤクザ？」

「違う」

「会社？」

「……まあな。ちなみに、質問に答えるのはやぶさかではないが、その分、助かる可能性は減るぞ」

「そういう問題じゃないと思うよ」

「……？」

「じゃあ、俺の推理をお話しします」

言って、佐藤は「ふふっ」と笑った。

「……まさかこんな台詞言う日が来るなんてね」

佐藤は虚空を見上げた。

「探偵稼業でもしていなければ、こういう劇的な瞬間が、人生に幾度味わえるでしょう」

「明智小五郎か」

「あら、ご存じ？　さすがですね」

「仕事だからな」

佐藤はニヤリとしてから小さく咳払いをした。

「あなた達の会社は〝探偵〟と〝観客〟の両方から金を受け取っている。〝探偵〟はリアルな殺人事件の謎解きを楽しみ、〝観客〟たちはそれをリアリティショーとして観劇する。ひょっとしたら〝探偵〟が謎を解けるかどうかの賭けもしてるんじゃないの？」

「勘がいいな」

「勘ではなく推理です。ところが、今回は急遽〝探偵〟を殺すことになった」

「……それも知っていたのか」

「だから、推理ですって。理由まではわからないけど、あなた達はクライアントである〝探偵〟を殺した」

「〝探偵〟というのは誰のことだ？」

「天河さん」

佐藤は即答した。

奇岩館の殺人。その裏の真相まで辿り着いたということか。

どうやって？

気になったが、ゲストを巻き込んだ企みが先だ。

「当然、天河さん本人は殺されるなんて思ってもいなかったでしょう。騙し討ちだよね」

「〝探偵〟を騙したことが、〝観客〟への裏切りだと？」

「いや。〝探偵〟を殺した理由がわからない以上、そこまでは踏み込まない。あくまで〝観客〟への背信ですよ」

佐藤は生き生きと話す。

楽しんでいるようだ。

「〝探偵〟を殺すことになったのは、俺達が島に来る直前だった」

「なぜ、言い切れる」

「後で説明しますよ。本題にも関わるから」

「本題？」

「まずは〝観客〟の話からね。〝観客〟は、〝探偵〟と〝犯人〟の真剣勝負をリアリティショーとして見に来ている。でも、〝探偵〟は殺された。代わりに探偵を務めたのはスタッフの榊君。日々子さんはヒント役だったんだな。二人とも運営の人間だからシナリオはあらかじめ知っている。それってヤラセだよね」

　佐藤はどんどん早口になる。

「かといって、〝観客〟の支払い額は相当でしょう。直前で返金などできない。大赤字だろうし、信頼も傷つく。それに、まさか賭けなんてやらせてたら一大事だ」

「それをゲストにバラすと？」

「このまま俺が消えたら、運営は何かを隠したと疑われる。信頼が崩壊した企業はどうなるか。ニュースを見ていればわかるでしょ」

「……もうちょっと期待したんだがな」

　小園間は鼻で笑った。

「お前の推理はほとんど当たっているよ。だが、肝心なところが大外れだ。世間知らずの限界だな」

「全て言い当てられるとは思ってませんよ」

「奇岩館で起きた出来事はヤラセ。そのことを我々はゲストに隠したがっている。お前はそこを突いた。すぐ殺されないように」

佐藤は答えず、出方を窺っている。

「舐めて貰っちゃ困るな」

小園間が胸を張ると、佐藤の眉間に皺が寄った。

「たしかに直前だったが、ゲストには今回〝探偵〟が不在になったと知らせてある。料金は割引し、差額分を返金した。全額返金にも応じると伝えた。結果、キャンセルしたゲストは一人もいなかったよ」

「賭けは？」

「今回はナシだ」

「本当かな」

「本当よ」

背後から雅の声が飛んできた。

ドアが開いたのは気づいていた。じっと話を聞いていたようだ。

「うちは顧客本位の優良企業なの」

雅は優雅な所作で進み出た。

「利益はだいぶ下がったけど、クライアントからの追加料金もあるし」

雅は半ば嫌味を込めた視線を小園間に向ける。

交渉拒否の件、まだ腹を立てているのか。

小園間は呆れた。

「ただね……」

言いかけて、雅は俯いた。

カートを転がす音が近づいて来る。

ドアが開き、真鍋と香坂が酒類を載せたカートを押して入って来た。補充に戻ったようだ。二人はただならぬ気配を感じ、固まった。

その姿を一瞥し、雅は話を再開した。

「だからこそ、今回は殺人劇のクオリティを高めないといけなかった。破綻なんて論外。ミスも許されない。なのに、僕ちゃんのせいで危うく破綻しかけたわ」

言って、また考え込む。

様子が変だ。

雅は少し躊躇ってから思い切ったように口を開いた。

「でも、残念だったわね。うちのチームは僕ちゃん一人でどうにかなるほど弱くないのよ」

うちのチーム――。

雅の言葉とは思えなかった。

真鍋と香坂もきょとんとしている。小園間を見て、首を傾げた。

「つ……続けなさい」

雅は顔を赤くして、テーブルに尻を置いた。

そう言われても……。

小園間は驚きのあまり、どこまで話したか忘れてしまった。

黙っていると、佐藤から口火を切った。

「そっかぁ。でも、殺される前にこうして話ができただけで大成功ですよ」

「我々と話がしたかった？　物好きだな」

小園間は嘲笑してみせた。

しかし、内心では佐藤が何を話すのか気になっていた。

「着物の偉い人」

佐藤は雅を目で指名した。

「皆さんのチームワークは否定しませんけど、ポンコツはポンコツだよ」

「なんだと？」

誰よりも先に真鍋が怒った。

佐藤は動じない。

「少なくとも致命的なポンコツがいます」

「誰のこと？」

雅は腕を組み、佐藤を見下ろした。

「ここにいるのかどうか知らないけど」

佐藤は一同を見渡す。

「シナリオ書いた人」

カーのタイプする手が止まった。

「〝探偵〟を殺すと決まったのは、探偵遊戯開始の直前だった。そう考えたのは単純です」

佐藤がカーを見る。どうやらライターを特定したらしい。

カーが椅子を回して、佐藤を睨みつけた。

佐藤はカーに微笑む。

「あまりにシナリオがグダグダだったから」

「ぐ、ぐ……グダグダだとぉ！」

カーが椅子を弾いて立ち上がる。

「どこが！　どこがどうグダグダなんだ！　言ってみろ！」

「トリックはともかく、動機や背景部分が特に酷い。当初はミス研内のいざこざで完結していたんですよね？」

「う……」

言い当てられて、カーは答えに窮した。

「でも急遽、天河さんを殺さないといけなくなった。そのせいで人間関係を組み替えた。結果あちこちで無理が生じた。山根が謎のモテ男になったりとか。本来なら一から考え直すべきです。なのに、そうしなかった。なぜか？　直す時間が無かったから。違いますか」

「……まあ、たしかにもっと時間があれば傑作に仕上げられたけどさ」

カーは妙に納得し、勝手に認めた。

「ですよね。これじゃ駄作ですもんね」

「なにぃ？」

座りかけたカーがまた立ち上がる。

「白井さん殺しまで含めたら目も当てられませんよ。そりゃあ——」

「だまれ！」

自分で言わせておいて、カーは佐藤の話を遮った。

「〝探偵〟を被害者にすり替えるだけでも大変なのに、途中で〝犯人〟が死んじまったんだ！　設定はそのままで犯人だけ変えたんだぞ！　たった数時間で！　それなのに、矛盾を生まず、ミステリーを成立させた！　これ以上のプロの仕事があるか！　直木賞よこせ！」

カーは余計なことまで口走った。

「最後の一言は意味わかんないですけど」

佐藤は冷ややかに言った。

「矛盾はありましたよ」

「無い！　そんなもの無い！」

カーはもう駄々っ子のようになっている。

佐藤は次々とシナリオの瑕疵（かし）を並べ立てた。

香坂が元法医学者という不自然さ。肥満の山根を年配女性が一人で殺したという無理。白井殺害の弱い動機。乱歩ネタの重複。

こいつ……。

小園間は今になって恐ろしくなった。

佐藤は犯人とトリックを見破っただけではない。シナリオの完成度まで俯瞰していたのだ。もしも佐藤が破れかぶれになっていたら破綻どころでは済まなかった。

カーは憤慨を通り越して口をパクパクさせている。

「それと……」

佐藤が追撃する。

「白井さんの死因を毒殺にする必要あったんですか。本当は刺殺でしょ」

「え？」

運営側の驚きが重なった。

佐藤は白井の刺し傷を確認していないはずだ。

「どうして刺殺だとわかった？」

もはや隠しても仕方ない。

小園間は率直に尋ねた。

「天河さんの部屋で見たからですけど」

佐藤は当たり前のことを訊かれたかのように平然と答えた。

天河の部屋……。

佐藤が入ったのは死体を発見した時だけだ。

そこで何を見た？

人間椅子に入っていた白井か。いや、それは不可能だ。佐藤が人間椅子に気づいたのは、山根が死んだ後だった。

「何を見たというの？」

皆の疑問を雅が代弁した。

「土産物ですよ」

佐藤はまたしても平然と答える。

「……土産物で刺殺だとわかった？　どういうことよ」

「もちろん、見た時は考えもしていません。白井さんのことなんて頭にありませんでしたし。でも、違和感はあった。で、白井さんが死んだとわかって、その違和感を思い出したんです。天河さんの部屋には、土産物がたくさん置かれていたけど、なぜかアレだけが無かった。ほら、食堂で見せびらかしていたナイフ……カット……なんでしたっけ」

カットラスだ。

悔しいから教えてやらない。

それにしても……。

小園間は噴き出した。

「アクシデントはどうしようもないが、我々は事前準備でミスを犯していたんだな」

今度は佐藤が不思議そうな顔をする。

「お前と山根の配役を逆にしておけば良かった。そうすれば、こんな面倒は起きなかった。お前がやばいミステリーマニアだと面接で見抜いていればな。なぜ、面接担当は気づかなかったんだ？」

「好きなミステリーを聞かれて、アニメを挙げたからよ」

　雅が言い捨てた。

「アニメを馬鹿にしている時点で、その面接官はクビじゃないですか」

　佐藤が真顔で言う。

「で？　シナリオがお粗末だったと指摘して満足？」

　雅が時計を気にした。

　パーティー会場をいつまでも離れられない。

「いえ。文句をつけたいんじゃないです」

　佐藤は首を横に振った。

「まあ、正直、文句は多々あるけど、言いたいのは代案ですよ」

「代案……だとぉ？」

　カーのこめかみがピクピク動いた。

「香坂さんの単独犯ってことにしたのが間違いです。その条件なら白井さんと香坂さんの共犯。仲間割れで香坂さんが白井さんを殺したことにすべきだった。そうすれば、あんな動機を設定しなくていい。堕胎を勧めただけで殺される？　なんじゃそりゃ」

鼻息を荒らげたカーが怒鳴りかけて口をつぐんだ。

佐藤の目が鋭さを増していたからだ。まるで勝負師の顔だ。

「そして、やっぱり雫久は最後に殺すべきだった。彼女の死こそがクライマックスなのに、白井さんの死を後に出しても蛇足にしかならない」

小園間は理解した。

佐藤の視点は探偵からライターに移っている。

「うるさい……」

カーは唇を震わせているが、小園間は佐藤の指摘を呑み込めた。

白井の死を誤魔化すのに必死で、ドラマとしての起伏にまで配慮が至らなかった。

「一番残念だったのは、白井さんの殺害方法です。乱歩ネタだけ重複するのはあんまりだ。しかも怪文で示された殺人は三件なのに、平然と四件目の殺人を起こすなんて」

「うるさい！」

とうとうカーが噴火した。

「白井が死んだのは、手紙が披露された後だ！　手紙の内容は変更できない！　でも死体は四つあるんだぞ！」

「せ、先生……」

小園間がカーを宥める。

さすがに怒声がパーティー会場まで届くことはないだろうが、万が一を考えた。

しかし、カーは止まらない。

「だいたい、完成品にはいくらでも文句言えるんだよ！　でもな！　お前程度が考えていることとなんて、とっくに検討済みなんだ！　山根か雫久、どちらかを生かしたままにして殺人を三件に収めるか？　雫久は無理だ。あれを生かすとなれば、犯人の動機から変えないといけない。でも、香坂の娘がいなければ、トリックを使う理由が消える！　山根を生かすか？　それだと被害者が御影堂家に近い人間だけになって、犯人がすぐわかっちまうんだよ！　最後に白井と雫久を同時に殺そうか？　どうやって？　人形の首は一つだから一部屋で二人を殺さないといけない。どうする？　二人が歳の差恋愛でもしてたことにするのか？　それこそ笑い草だ！　おん？　こっちはプロなんだよ！　もっといい案があるなら教えてくれよ！　おん？」

一気にがなり散らしたカーはへなへなと椅子に座り込んだ。

「見立てにこだわるからですよ」

佐藤が飽きたようにつぶやく。

「はあ？」

カーが顎を突き出した。

佐藤は困り顔でため息をつく。

「言ったじゃないですか。香坂さんと白井さんの仲間割れにしておけば、変な動機をこじつけなくていい。不慮の殺人なんだから、見立てにする必要も無いし、一件だけ毛色が異なることで謎解きのヒントにもなる」

「なるほど」

小園間が感心すると、カーに睨まれた。

「すいません……」

「やっぱトーシローだな」

カーはぎこちなく鼻で笑った。

「それじゃ芸が無いんだよ。見立てであることが重要なの。クライアントは見立てを要求したんだから。プロってのはねえ。依頼に沿った作品を作るもんなんだよ」

「でも、クライアントが死んだ後じゃないですか」

「それは……」

佐藤に突っ込まれ、カーがたじろぐ。

「馬鹿だなあ！　今回は〝探偵〟がクライアントじゃないんだよ！　いや、クライアントではあるんだけど、本物のクライアントは〝探偵〟の親父なの！」

カーは苦し紛れに聞かれてもいないことをベラベラと喋った。

「な？　本当のクライアントからも見立てを徹底しろって言われたんだよな？」

カーが真っ赤な顔で小園間にまくし立てた。

その場しのぎに嘘までつくか。小物め。

クライアントの要求は探偵遊戯内で息子を殺すことだけだ。見立てだ、何だとのリクエストは一切受けていない。

「ええ。そうですね」

だが、カーに話を合わせた。

いつものご機嫌取りに加え、佐藤の反応に興味が湧いた。

ここからどう切り返す?

すると、佐藤は投げやりに答えた。

「どうしても四件目の殺人も見立てにしたいなら、白井さんの死体にナイフを刺したまま館主の書斎にでも転がしておけばいい。結局、館主は空気のままだったし」

「はっはー」

カーが息を吹き返す。

「ほら、地金が出た。所詮そんなものよ。それじゃ見立てになってないじゃないか。いいかな? 全ての部屋を見せることが目的じゃないんだよ。今回は古典ミステリーになぞらえた殺し方を――」

「知ってますよ」

「嘘つけ！」

「だから見立てにしたじゃないですか。手紙との整合性もつけて」

「ん？」

理解が追いつかなかった。

雅らの頭上にも疑問符が浮かんでいる。

カーが佐藤に顔を近づけた。

「どうして、書斎に死体を置くだけで見立てになるんだよ」

カーはストレートに尋ねた。さすがの傲慢作家も興味に勝てなかったようだ。

ライターがピンと来ていないことに、佐藤の方も戸惑う。

「ここはどこですか」

確認する佐藤と小園間の目が合った。

そういうことか――。

「ここ？」

カーが眉を顰める。

「もったいぶるな」

カーは試された。

そして逃げた。

「見立てに関係あんのか？　ここがどこだって言うんだよ！」

「奇岩館です」

問いに答えたのは小園間だった。

いつしか胃痛はおさまっていた。

「ピンポーン」

と、佐藤が微笑む。

「え？　あ……あ……」

敗北を悟ったカーは目を泳がせた。

奇岩館のモデルは言うまでもなく奇岩城だ。

アルセーヌ・ルパンが活躍する「怪盗紳士ルパン」シリーズ。その代表作『奇岩城』で最初に起こるのは刺殺事件。殺害現場は主寝室に隣接する書斎だ。

御影堂治定の書斎に転がる刺殺死体。それは手紙とは別に舞台そのものを利用した見立てになる。

「そんな話あるか！」

カーは取り乱して叫んだ。

「奇岩館ってのは、単に世界中のミステリーが関係すると印象づけるための小道具に過ぎない。メインは日本の古典――」

「認めよう」

小園間は構わず口を挟んだ。

カーの機嫌など、もうどうでもいい。

書斎の活用は一要素に過ぎない。

佐藤はカーのシナリオの穴を見抜き、リライトまでしてみせた。さらには、こちらの出した条件に沿って別案も即提示した。

内職に現を抜かす脇の甘いライター。極限状況で上位互換の代案を作る青年。勝敗は明白だ。

「お前のシナリオで奇岩館を見てみたかった」

小園間は佐藤を真っ直ぐに見据えた。

「……プロを……私は……」

カーは机に突っ伏した。

「ところで、そろそろ本題というのを教えてくれ。お前は何のために時間稼ぎをしたんだ？」

佐藤は小園間と雅を交互に見た。

数瞬の思案顔。それから慎重に口を開いた。

「就職活動ですよ」

意外な答えが返ってきた。佐藤はライターとして自分を雇えと言っている。小園間は反応に迷った。

一方、雅は人を使い慣れた性なのか、急に態度を大きくした。

「ライターになりたいと？　私たちの下で？」

「コマにはなりません」

佐藤に言い返され、雅は鼻を鳴らす。

「でも、ここで力を発揮できるなら――」

佐藤は自分を諭すように続ける。

「自分みたいな人間でも劇的な瞬間を幾度か味わえるかもしれない」

「また明智か」

小園間は笑った。今度は嘲笑ではない。

こいつは本当にミステリーが好きなんだ。

二十年前の自分にそんなものがあっただろうか。

今、そう言えるものがあるだろうか。

「でまかせだ！　助かりたいだけだろ！」

カーが憎悪を隠さず、吠えた。

たしかに、その可能性もある。

「どうしましょうか」

雅にボールを投げる。決めるのは上だ。

雅は佐藤を値踏みするように観察してから小園間に顔を向けた。

「ライターの選定は、現場の責任者に任せるわ」

またリスクを部下に押し付けた。

いつもならそう受け取っただろう。しかし、雅からは蔑みも虚勢も窺えない。

「わかりました」

小園間はそれを信頼と受け取った。

佐藤に首を回す。

ふとサディスティックな感情が湧き上がった。

「先生。良かったですね」

ふいに話しかけられたカーが怪訝そうに振り返る。

「ライターが増えるかもしれないですよ。こんな仕事に」

「え……」

「ライターが二人になれば、先生の負担も減りますね。しばらくお願いせずに済むかもしれません。先生次第ですが」

カーが露骨に怯えた。

探偵遊戯のライターをお払い箱になる。その影響は金銭だけでなく、命にも関わることを知っているのだ。

小園間は佐藤に向き直った。

緊張の面持ちで、こちらを見ている。

結論はもう出ていた。

近寄ろうと踏み出したその時、また視界が揺れた。

猛烈な腹痛。一瞬でこみ上げる吐き気。その場でうずくまり、咄嗟に口を手で覆う。胃の奥から出たものが床に滴った。

飲んだばかりのワイン。一瞬そう思ったが、違った。血だ。コーヒーのように黒い血だった。

同僚と上司が駆け寄って来る。

心配そうに声を掛けてくれるが、耳に入ってこない。

眩暈が酷くなってゆく。

検査を先延ばしにしてきたツケが回った——。

小園間は一人で納得していた。

＊

申し訳ございません。先ほどの男が言ったことは本当でございます。

皆様に事実と異なることをお伝えしておりました。

今回の殺人劇を構成したのは弊社の筆頭ライターだと申しておりましたが、実はもう一人、有能なライターを抱えています。

次回は、そのシナリオで皆様をさらなる興奮の世界へとお連れします。

ぜひ、次の作品を楽しみにお待ちください。

この物語はフィクションです。作中に同一の名称があった場合でも、
実在する人物、団体等とは一切関係ありません。

宝島社
文庫

奇岩館の殺人
（きがんかんのさつじん）

2024年2月20日　第1刷発行

著　者　高野結史
発行人　関川 誠
発行所　株式会社 宝島社
〒102-8388　東京都千代田区一番町25番地
電話：営業 03(3234)4621／編集 03(3239)0599
https://tkj.jp
印刷・製本　中央精版印刷株式会社

Printed in Japan
ISBN 978-4-299-05135-6